经典陪伴 时光

細雨燈花落

琦君 著

西苑出版社

图书在版编目(CIP)数据

细雨灯花落 / 琦君著. — 北京 : 西苑出版社,2017. 12
ISBN 978-7-5151-0644-1

Ⅰ. ①细… Ⅱ. ①琦… Ⅲ. ①散文集 – 中国 – 当代
Ⅳ. ①I267

中国版本图书馆 CIP 数据核字(2017)第 299795 号

《细雨灯花落》,经权利人授权在中国大陆地区独家出版发行。

细雨灯花落

出 品 人 赵 晖
责任编辑 康志刚 曹亚楠
责任印制 陈爱华
责任校对 马海英
书装设计 陆 龙 陆月琦
出版发行 西苑出版社 XIYUAN PUBLISHING HOUSE
通讯地址 北京市朝阳区和平街 11 区 37 号楼 邮政编码:100013
电 话 010 –88636419 传真:010 –88636419
E – mail:xiyuanpub@ 163. com
印 刷 固安县京平诚乾印刷有限公司
经 销 全国新华书店
开 本 710 ×1000 毫米 1/64
字 数 88 千字
图 数 3 幅
印 张 3. 25
版 次 2017 年 12 月第 1 版
印 次 2017 年 12 月第 1 次印刷
书 号 ISBN 978-7-5151-0644-1
定 价 32. 00 元

(凡西苑版图书如有缺漏页、残破等质量问题,本社邮购部负责调换)

目　录

唯有闲愁堪忆

最是情深似酒

哪得清香如旧

唯有闲愁堪忆

烟　愁

说到烟，就像怀念着相知有素、阔别多年的老友似的，心头溢着一份亲切而又微带怅惘的感觉。因为我虽无烟瘾，却是个喜欢抽烟的人。几年来，因为喉头过敏性发炎，连这点喜欢都不许再有了。因此，凡遇到抽烟的朋友，我总要劝他们多抽一支，我在一旁闻着烟香，也算是慰情聊胜于无吧。

回溯我吸烟的历史，应该从我的童年说起。父亲和二叔，烟瘾都很大，不久又来了个远房四叔，他就专捡大人们的香烟屁股，躲到没人的地方去抽，引得我对吸烟也发生了很大的兴趣。我问他："香烟到底是什么味道呢？"

"太好了，辣乎乎，香喷喷，你若是会把烟从鼻管里喷出来，那才妙哩。"

我就央求他教我抽烟，教我从鼻管里喷出烟来。他说："要我教，你就得给我拿整支的好香烟来。香烟屁股太短了，得技术高明的人才能抽。你初学，哪儿行呢？"

我知道父亲的好烟多的是。三九、三炮

台、加利克，统统锁在玻璃橱里，我又不敢向父亲要，于是就向二叔去讨。

“二叔，给我一支烟嘛！”对二叔，我一向是肆无忌惮的。

“小孩子要什么香烟？”

“不是抽，是摆家家酒，一定要一支烟的呀！”

在二叔面前，我原是个被宠坏了的小把戏，他对我万事有求必应，就连香烟也不例外。他在口袋里掏出一包大英牌，抽出一根递给我。我接过来如获至宝似的跑去交给四叔，他瘪瘪嘴说：“这样蹩脚的香烟，要大哥的加利克才过瘾哩！”

“拿不到呀！”

“你不会想法子偷吗？”

“我才不做贼呢！”

“拿支香烟玩儿算什么贼？我教你个主意，等你爸爸作诗作得摇头晃脑的时候，你凑上去给他点烟，顺便收一支在口袋里。当着他做的，也不算偷呀！”他是什么坏主意都想得出的，我为了想学鼻孔喷烟，也就答应了。

果然，我从父亲那儿很顺利地拐到一支扁扁的“三九”香烟，小叔把它点着了，万分珍惜地吸进一口，贪婪地一下吞入肚子，又慢慢儿、慢慢儿地从鼻孔冒出来。他对我说："烟要经过五脏六腑以后，吐出来的就带灰黄色，这口烟才算完全吃下去了。"

我看他吞烟并不困难，随即抢过来使劲吸一口，咽下喉咙，谁知一下子大呛起来，呛得我眼泪鼻涕一起流，头昏脑涨，赶紧把烟扔进了水沟，急得四叔直跺脚。

"你别性急呀，哪有一下子就学会的，起初少抽半口，在嘴里含一会儿就吐掉，慢慢儿就会了。"他说。

烟虽没有抽进，而那三九烟的香味却被我闻到了。真是香，这是我第一次感到香烟原来这么好闻。于是每逢父亲抽烟时，我总在他身边殷勤地点火、倒茶，借以多闻闻香味。我觉得二叔抽的香烟，都是美丽牌、联珠牌，连大英牌、大长城都难得抽。有一天，我问他："二叔，你为什么不抽爸爸那种烟呢？"

"傻孩子，我们种田人哪里抽得起这么好的洋烟，你爸爸是做大官的呀！"

我偏着头忖了半天，又去问爸爸："爸爸，二叔说你是做大官的，一定要抽洋烟，是吗？"

"没有的话。我的烟都是人家送的。"

"那么为什么没人送二叔烟呢?"

"你二叔没出过远门，没有像我这么多的朋友。"

"那么你送一盒加利克给二叔好吗?"

"我常常送他的，他都舍不得抽，收起来了。"

我才知道原来二叔也有好烟，我就一天缠着二叔要那好烟，二叔说:"那样好的烟，留着给你二婶心气痛时抽的。"

二婶有"心气痛"的病，大概就是现在所谓胃病。二叔说好烟可以止胃痛，我就越觉得香烟这东西大有道理，非学会抽不可了。

抽香烟屁股的四叔，烟瘾也越来越大，自从我开始替他拿整支的香烟后，他胃口更大了。常常要我给他多拿几支，我不肯，他就搜集来好多的香烟片，各种各样的图画，跟我交换香烟。他不但会从鼻孔喷烟，还会吐烟圈，大大小小的，一个套一个的，好玩极了。他常常拉我躲在母亲经堂里抽烟。因为这是一间密室，除了母亲一日三次上香外，平时没人进来。有一天，我正高兴学得有点门儿了，一丝烟从鼻孔里冒出来。忽然听得母亲的脚步声，我着了慌，把烟蒂往香炉里一塞。母亲进来用鼻子嗅了一阵说:“怎么有一股子香烟味?”四叔说:“是檀香呀!”母亲瞪了他一眼,从檀香炉里掏出半截香烟蒂子,问:“这是谁干的?”我赖四叔,四叔赖我,母亲生气地说:“这样小小年纪学抽烟,真没出息。”

听了母亲的话,我心里从此觉得抽香烟不是件正经事。可是越是大人们不许做的事,偷偷摸摸的越是有味道。幸得父亲不像母亲那么严厉。有时我问他:“爸爸,抽香烟有好处吗?”他总是笑嘻嘻地回答我:“好处是有的,你现在还小,不要管这个。不过你是个女孩子,长大了最好也别抽香烟,那样儿不好看。”

“好看”对女孩子来说真是件非常重要的事。因此我就不打算真个学会抽烟。这也许就是我以后抽烟始终没有上瘾的主要原因吧。

母亲晚年也得了“心气痛”的病,因而也不免抽支香烟。那时父亲去世不久,她每次抽烟总要念起父亲生前的种种,念着念着,她把烟蒂一扔,叹一口气说:“不抽了,烟熏得我直淌眼泪。”

有一次,我晚饭后打开几何三角,就是连天的哈欠,母亲笑着递给我一支好香烟说:“抽半支提提神吧!”我吃惊地望着她问:“妈,您许我抽烟?”

"偶一为之亦无妨，只要你自己知道管自己就好了。"

母亲会让我用香烟提神，她宠我的程度就可想而知了。因而使我对抽烟更增一番亲切之感。

在上海念大学时，母亲没有在身边，只有姨娘和我同住。她有时也会把我气得"心气痛"起来，我就一个人关在屋里狂抽一阵香烟。此时，我发现抽烟的确可以消愁解闷，而我的胃病，亦已逐渐形成，香烟与我就结了不解之缘。那一段时间，我的烟抽得相当多，但抽烟时的心情大都是沉重不愉快的。尤其是想起童年时在父亲身边拐三九牌香烟的情景，已不可再得。纵容我的二叔，教我抽烟的四叔，都是音信渺渺。一缕乡愁，就像烟雾似的萦绕着我，我逐渐体会到烟并不能解愁，却是像酒似的，借它消愁而愁更愁了。

来台湾的最初几年举目无亲，烟更成了我唯一的良伴。现在想想，住在低洼潮湿的宿舍里整两年而没有得风湿病，香烟应该有很大的功劳吧。

近几年，无缘无故地，时常闹咽喉炎，医生嘱咐绝不能抽烟，我不得不硬起心肠和这自幼相知的好友告别了。

未有花时已是春

生活在紧张匆忙的今日，赶上班、赶上学、赶赴约、赶办事，在闹区的人行道上，摩肩擦背而过。上公车、电梯，都挤得跟火柴盒似的。不小心踩人一脚，或被踩一脚，彼此相对一瞪眼，连个“对不起”都不说，不是不想说，而是来不及说，现代人的时间太宝贵了。时间一急促，就很难保持一片冲和气象。现代人的空间距离又太近了，形体上的距离愈近，精神上的距离反而愈远。你看公寓住宅，每家的“门前雪”都不必自己扫（因为大楼管理人员代为服务），更遑论疾病相扶持了。

前不久，我家对面四楼一位老太太心脏病突发逝世，我竟全然不知。还是次晨洗衣服的阿巴桑告诉我的。当时只听得一阵噼里啪啦的鞭炮声，还以为是哪家迎亲嫁女，连阳台也懒得跨出去一看。住公寓房子以来，我最不喜欢站在阳台上东张西望，因为放眼没有青山绿水，见到的面孔都木木然悻悻然，“似曾相识”却又像“素昧平生”。我只觉得局天踏地，哪有什么胸中丘壑呢？回想当年阡陌交通，鸡犬相闻的农村社会，无论春夏秋冬，忙完了一天的工作，男人们晚间提着一盏红灯笼，走一两里路到邻家沏一大碗清茶，一把带壳的炒花生，聊上个把时辰，再提着灯笼回家睡觉。他们所谓的邻居，住得并不一定很近，可是他们的心却靠得很近，真个是“阡陌交通，鸡犬相闻”的境界。

我想起前年访美时，在爱荷华一个静谧的农庄做客。晚上临睡时，主人掀开窗帘，指着远处几点闪耀的微光说：“那就是我们最近的邻居了，你如贪看夜景，尽可以拉开窗户帘，不必担心穿睡衣服装不整。”他们白天驱车外出，绝不必关门闭户，车子在碧绿的斜坡上奔驰，一路和迎面而来的车中人摆手打招呼，因为他们都是街坊，都是朋友。

可是到了纽约就完全不同了，我寄住友人家，外出时门上层层加锁，回来后里面层层加锁。两百多户的一幢大公寓，应该是自成村落，却真个是老死不相往来。中国人有睦邻的好特性，所以我的朋友出远门时，还可以拜托对面邻居代为照顾屋内花草。上下电梯，总和人微笑点头。这种态度，也许感染了大楼管理人员，所以他们对他都格外和气。我在波士顿的旅社里，看到一个双目失明的老太太，腿又是瘸的，她拄着拐杖艰难地走进自助餐厅，开门时竟没有一个人伸手助她一臂之力，我忍不住站起来帮她拉住门，她脸上那分意外和感激令我久久难忘。

人类原应当相关怀，相互助，为什么愈是挤在一起，愈是彼此漠不关心了呢？不但不关心，有时竟恶言相向，令人气结。上个月我去公保看病，因脚伤不能爬楼梯，只得挤电梯，偏偏我又心不在焉，把三楼当作四楼，跨出一看不对赶紧又缩回去，小姐不耐烦了，她说："你也不抬头看看号码，跑进跑出的真可笑。"脸上的表情当然是"冰冻三尺"，我也不由得冷冷地说："可惜我不认得阿拉伯字呀。"她的声音更高了："不认得字还当公务员。四楼到了，快出去吧！"我气得结结巴巴地说："谢谢你这位小姐，你的服务态度真好！"坐在候诊室里，心情久久不能平静。仔细想想，其实并不足怪。你想省钱看公保，就得准备受气，"财"和"气"总得选择一样。固然公保也有态度好的医师和护士小姐，可是工作人员的气焰，有的真叫你有"在人屋檐下，哪得不低头”之感。

在他们心目中，这一群惶惶然的投保人员，就像是倚门托钵的苦行僧，应当有受气的心理准备。他们哪想到他们的薪水里，也包含了我们每月所缴纳的公保费呢？依中山先生的说法，他们是司机，我们才是车主，可是司机不高兴替你这样的穷车主开车又当怎样呢？只有自己放明白点，这年头，有小病能挺就挺下去，挺不过去，拖成了大病，宁可借债看私人诊所，包你大夫护士都是满面春风，即使不能药到病除，也落得个心平气和，少死细胞。

看完病，走出大门，一直耿耿于怀。因为行走不便，想招计程车，又怕再受一场气。可是一辆车已经在我们前面停下来，就身不由已地上了车。司机看我举步困难，就伸手扶着车门，连声说：“小心点，太太，别碰着了，慢慢儿上。”那一团和气，使我满腔怨气全消。不由得意外地说：“你真和气。”他说：“为顾客服务，应该的嘛。”他和善的态度，立刻使我想到自己满脸的乌烟瘴气，心中感到十分惭愧，想想刚才在公保处对待那位电梯小姐的脸色一定非常难看。一切反应，原是相互的。我当时如能稍稍容忍，报之以轻松的一笑，她下面那句更刺人的话就不会出口了。古人说："但忍须臾，前境便同嚼蜡。"可是忍又是谈何容易，人与人之间，如何避免戾气，制造祥和，确实得有一分沉潜的功夫。记得在上海求学时，每天挤电车上学，常常被卖票员辱骂为猪猡，我们好生气。可是老师笑嘻嘻地启迪我们说："你要设身处地为他们想想，他的工作是无休止的开门、关门、卖票、数钱，多么辛苦，多么单调，哪像你们很快可下车，各有不同的目标呢?"如果人人都能有如此胸怀，这个世界岂不是可以化干戈为玉帛呢。可是世界为什么到处充满怨毒、纷争。国与国之间，人与人之间，为什么总是剑拔弩张的，不能和平相处呢?

时至今日，古中国那套待人处世的儒家哲学，是不是已经行不通了呢?我自己的答案还是不尽然，世界大局，国家大事，非区区个人之力所能为，但就每个单元的生活范围来说，还是应当一本儒家的恕道，设身处地，尽其在我，则不但纷争可以减少，内心还可以感到一分平静和安详，就像那位电梯小姐，我如能有一丝一毫体谅她工作的枯燥单调，退回电梯时和颜悦色地说一声"对不起"，自己就不会受那场闲气了。可见得祥和与戾气，也只在个人的一念之间，凡事反求诸己，不要苛责于人。

记得大学毕业时，老师曾赠绝句一首：“莫学深颦与浅颦，风光一日一回新。禅机拈出凭君会，未有花时已是春。”世界虽无常，人心原多变，但总要以乐观之心期待。若能自觉此心春长在，也就算会得那一点禅机了。

千里怀人月在峰

在台北时，每天上午十时和下午三时许，我总是竖起耳朵听楼下邮差自行车戛然而止和丢信件入信箱的熟稔声音，就飞奔下楼取信。我是这幢公寓里信件较多的人，因此几位邮差先生都认得我，其中一位还曾一度有师生之谊，见面总要互道一声“早”或“好”，态度都非常亲切。无论星期假日、大风大雨，无论信封上地址如何错误，信件都会由绿衣人小心谨慎地递到你手中。使你满怀感谢与欣喜，觉得台湾的邮政服务确实是很周到的。身为汉人，若因懒于作书，而放弃了这分最温暖的享受，实在太可惜了。尽管在此忙碌快节奏的工商业社会中，有电话录音可以代替笔，可是笔墨文字所传递的灵犀一点、意味情趣与“闻其声如见其人”的电化工具究竟不同。古人说“书信是千里面目”，并不一定指书中文笔之美、书法之工，也是指的那份亲切感。不然的话，为什么旧时代的人写信，一开头都要说“如握”“如晤”“奉书快如觌面”呢？

自从来到欧洲，和朋友亲人都离得那么远，万里来鸿，更是珍贵。每天上午九时半，外子一定会从办公室给我打来电话，告诉我收到谁谁的信，没收到谁谁的信，大致总不会令我太失望。如果是儿子的信，他就在电话中念给我听：“爸妈你们好，请保重身体，我们一切都好，家中一切都好，请放心。”西瓜大的字在纸上滚出那么多个“好”字，每回都大同小异，使我放心之至，以后也不要他再念了。至于朋友们的信呢？就得盼到晚上七时他到家时才能拜读，但这一整天我都以非常快乐的心情读书工作，因为晚间还有一件最最快乐的事——读友人书。

只因我们的住处有点“边远地区”，信件要晚两天到达，所以亲友的信都寄外子办公室，发信也托他带到城区投邮。我是个急性子，什么都希望快速。其实朋友们收到我的信，哪会计较邮程？我只要收到朋友们的信，又何必计算他们是哪一天发的呢？如能彼此不断地写，就可以彼此不断地收到信了。想通以后，就将寓所地址告诉朋友，有的信就直接寄到家中。因此在九时半外子的电话以后，又多了一个盼信的时间——十二时左右。这里的邮差是穿蓝灰色制服的，在感觉上就没有台湾的绿衣人醒目与熟悉。我每回从窗子里望出去，看他把邮车停得很远，然后背着邮包懒洋洋地走上斜坡，有时在对面一排房子送完就走了。再过好半天，才又走到这边来。我起初奇怪他们怎么这样不经济时间，后来才知道，他们的分区很细，两对街的信件并不属于同一人送。（分区愈细，用的邮差人数愈多，每人的工作时间愈短，而州政府的负担也愈重。但不如此的话，就是失业人数愈多了。）洋人穿上制服，远远望去，在我这个东方人眼中，是分不大清的，怎么知道刚才对街那个邮差，和以后来这边的并非同一人呢？搞清楚以后，我也会连忙赶出去，无论有没有我的信，都向他说声“早”，以享受在台湾的那份亲切感。无论如何，他们冒着风霜雨雪，给人们传递佳音，这一分辛劳，总是令人心感不已的。

我认为读信和写信是人生最大快乐之一。这种经验，在我童年时期，就深深体会到了。那时母亲带着我在故乡，父亲和哥哥在北平。一封信来回往往要一个月以上。父亲和哥哥的来信，在母亲和我心目中，岂止万金而已。那时乡村的邮差要四五天或一周才来一次。大约是星期三有邮差。我们寄北平的信，必得赶在邮差来前写好，以便当面交他带到城里寄发。母亲是个乡村妇女，看来好像从不关心究竟是星期几的，可是每到星期三，她一大早就会自言自语地念起来：“今天是礼拜三吧，今天是礼拜三啊。”到了中午时分，我总站在后门口，手里捏着写好的信，眼睛越过稻田，远远望向小汽轮到达的埠头。耳中听见汽笛嘟嘟之声，心也跟着跳个不停。看见摇曳的稻子尖或翻腾的麦浪中，绿衣邮差远远走来，就高声喊：“妈妈，邮差来了，邮差来了。”母亲在厨房里忙碌着，听我喊，偏偏一声也不回答，却不住地把脸转向窗口向外张望，邮差是不是来了，她早已看得清清楚楚。她就是不做声，就这么一分一秒地等着。其实她尽可命令我赶上前去取信，我也应当自己跑去迎接邮差。但我没有跑去，母亲和我的心情是一样的。要把盼待快乐的时间延长一点点，以接受更多的快乐或承当没有来信的失望。在我的记忆里，总是失望的时候居多。因为哥哥久病不能多写信，而天下的父亲，好像都不是勤于写家书的人。这种不快乐，七八岁的我，转个身就会忘记，在母亲就不一样了。她暗淡的神情，总要等父亲的信真正到达时才会开颜。她先让我把信念给她听，我一板一眼地念着，有时还故意停顿一下，瞄一下母亲的脸容，她好像笑眯眯的，又好像有点忧愁。我停得太久了，她就会说："再念嘛。"念完了，就叫我收在碗橱正中抽屉里，要夹在黄历的当中。等她做完所有的事，把一双湿漉漉的手用蓝布围裙擦得干干净净，才拉开抽屉取出信来，就着菜油灯光，仔仔细细一个字一个字地念。有时也会埋怨一声："你爸爸的字像画符似的，好难猜。"念完了，就用手帕包了塞在贴身衬褂口袋里。晚上临睡以前，还会再取出念一遍。那时候，我脑子里没有"情书""爱情"这种字眼，但我知道母亲心里好快乐，我可以趁此机会要求她多给我吃几块枣子糕、麦芽糖，也可以多和小朋友在后门摸田螺而不会挨骂。亲友邻居来时，她总要把信掏出来给大家看。直到下封信到时，才把前一封信放在枕头下面。有一次，她一时忘记，洗衬衣时没把信取出来，被水浸湿了。她好懊恼，把它小心翼翼地摊平，用石子压了在太阳下晒干再收好。信纸上水渍斑斑，好像是母亲的泪痕点点。我看在眼里，心中也酸酸的。暗地对自己说，长大以后，万一离开母亲，去外地读书，一定要多多给母亲写信，免她担忧。这一点，我后来确实做到了。那时我给父亲和哥哥的信，都写得好长好长。文言白话夹杂，但开头一定是“父亲大人膝下敬禀者”，收尾一定是“肃此谨叩福安”。不像现在儿子给我们的信，“爸妈您好”就交代了。有时母亲也叫我以她的口气替她写，我总是写不好，母亲只好请我的家庭教师代笔，母亲说得很多，老师写来只有寥寥数语。我怀疑地问：“老师，您都把妈妈的话写上去了吗?”老师笑笑说：“写了写了。文言信就是这点好，情意深，字句少。”父亲来信，却总责备我信写得不够文言，字写得没有“帖意”。但无论如何，我自信给父亲的信是文情并茂的，他只是不夸我罢了。

抗战期间，我负笈他乡，交通受阻，叔叔代母亲写来的信和我寄回去的信，都是复写两份，原本先寄，副本加在第二封信中寄，第二封的副本又加在第三封中寄，如此总不至两封信都失落，可谓用尽苦心。毕业后避乱穷乡，我们的通信仍维持这种方式，每收到一封沉甸甸黄标粗纸的信，心头是喜慰中夹着酸辛。只要没有像杜甫说的“寄书皆不达”，已经万幸了。当年信的到达如此艰难，信也就愈加值得珍惜。那种盼信的心情，是懒于写信、宁可通电话的现代人所无法体会的。我想想自己到今天还盼书信盼得如此殷切，实在不脱农村社会的乡巴佬气息，真个已不合时宜了。

记得有一篇文章中谈到友情时，有这样的话："现代的工商社会已经同时成为诗与友谊的敌人。""忙迫的生活节奏，更不适宜于培养诗情与友谊，真挚的友谊，会变得愈来愈少。"其实真正的友谊，应当不在笔砚间课疏密。何况相知在心的朋友，再忙碌也是抽得出时间写信的。

我觉得写信比写稿轻松有情趣得多了，因为信是给特定的朋友看的。稿子纵被刊出，读者也许比朋友的数量多些，但不像信可以收到回音，有一份期待的快乐。至于日记，读者除了自己，没有第二人，只好于日后翻翻，感怀枨触一番。像夏济安先生的日记，于身后公之于世，引起偌大共鸣的，能有几人？他自己泉下又何尝知道。所以这三者，我认为只有写信最足以抒畅心情。

在中学时代，我就最爱写信（相信少女们都如此）。大学毕业后，初期的工作是管理图书，每天除了猛看书以外，还有时间猛写信。

那时生活单纯，无忧无虑，所有的信几乎都是大写其读书心得，大谈“人生哲学”，朋友们的回信，也都是洋洋大观，一来一往，没完没了。如今想来，内容尽管幼稚可笑，那一派纯真的拳拳挚谊，却是弥足珍贵。因此这个爱写信的毛病，一直到今天改不掉。在台北时，每周必定有一天是写信日，好像这一天是专门和朋友聊天的。有的信看完就回，并非一定有要事，而是那份新鲜的感受和反应，非立刻写不可。好像那位朋友就在面前，有促膝谈心之乐。记得儿子念初中住校时，来信说：“妈妈，我每回给你写信时，你都音容宛在。”他爸爸骂他胡说八道，我却乐不可支，因为他说得对极了。

外子来美以前，一则工作繁忙，二则笔头懒。（老夫老妻的“外子”，大概都差不多。）勉勉强强十天一封信，三言两语就交代了，自诩是“苏黄尺牍”“晚明小品”。我呢？没那好修养，一定是五天一封万言书，看得他精疲力竭。来此以后，每天他下班回来，我边吃饭边絮絮地向他报告，看书报电视感想、长片内容等等，我说得兴高采烈，他听得昏昏思睡。忍无可忍之时，就耷拉眼皮慢吞吞地说，“你呀，在台北时信太长，来此以后话太多。”说得我好伤心。他还告诉我，他的一位同事太太与我有异曲同工之妙，先生说只愿听 FM 的音乐，不愿听 AM 的新闻广播（指太太的生活报道）。我这满心感想，无处发表，只好转向朋友。朋友们体谅我客居心情，有信必回，使我非常感激，写信兴趣也愈高了。外子又责我不明事理，说：“台湾朋友个个忙得团团转，哪像你现在以写信为职业，人家收到你信，不回不好，回又没时间，回了你，你又再写，岂不成了恶性循环。”他说得太严重，再想想也确有道理，只好斟酌情形，部分刹车了。

可是半年来，和我一直维持“长流水”通信的朋友有好几位，而且是定时定量，总是十天左右一封信，有的密密麻麻四张航空纸，有的“眉清目秀”满满一份邮简。她们娓娓地向我描述自己的生活情趣、读书感想，以及文艺界消息等等，使我“居江湖而思魏阙”的心，获得无限欣慰。有一位专事翻译工作的友人，他再忙总不忘给我写信，却对我说：“你不必回信，把写信的时间腾出来写文章，我看了你的文章，仍会给你写信。”他诚恳的关注与鼓励，实在使我感动。又有一位朋友说收到我的信感到颇为意外，因为许多人一离台湾，就不回头看了。我对他说我不是那种“义无反顾”之人。

好友沉樱姊，来美好多年了，台湾的文友都好想念她，但总是收不到她的信。我来以后，给她去了一封长信，她的回信来了，原来她非常挂念台湾朋友，只因手软不能多执笔。我就将她的信转寄台北朋友，我称之为“感情的连锁”。她说因为我的信，使她对信箱重新发生兴趣。并感谢我为她转信给台湾友人，说我是海外的“友谊中心”，正如菱子是台北的“友谊中心”。但她仍劝我节省时间，以文代信，把心声传递给更多的人，我还是觉得写信与写稿并不抵触，何况许多意念与灵感，往往因彼此的通信而引发。就如沉樱姊最近在重读《红楼梦》，深感中外古今，再无一部好小说使她如此沉醉，她劝我必须用心再读，对我学习写作，必有启迪。她是我素所敬佩的前辈作家，她的勉励，也增加了我的兴趣与勇气。

除了盼信有点“痛苦”以外，读信和写信确是无上享受。我有一天一口气收到十一封信，那是我最富有的一天。就得意地向邻居炫耀，她说：“这怎么得了？你的朋友一人一封，你就得回十一封，哪有那么多时间。我们在美国久了，连家信都懒得写，父母亲好生气，他们哪知道美国生活有多忙。”我想这还是习惯问题，如果是一个不出外工作的家庭主妇，子女上学，炊事及清洁工作都很方便，总不至于半个月都腾不出一两个小时给双亲写信吧？这里文具店里，适合于各种情况的卡片，琳琅满目，上面的词句都是“专家”设计，美不胜收，到什么节候或遇到某种状况，买一张寄去，固然总比不寄的好，但究竟是纸上文章，别人代你说的话，若不在上面加上你自己的话，总有“隔”之感。现代人事事都求快速以节省时间，连“情书”都代你写好了，可是节省下来的时间再多，也不知用到哪儿去了。吴鲁芹先生就曾有一篇文章谈到这点。可见忙与闲是没有绝对标准的，只看你对时间的运用如何。在我个人觉得，把时间花在写信上是值得的，才这样没完没了地写下去。却没想到不时投朋友以纸弹，几乎构成朋友的精神负担，内心实在歉疚。但身居异地，对平日言笑晏晏的故旧，焉得无春树暮云之思。今日交通虽然便利，但由于许多客观原因，也不见得“天涯若比邻”。我之所以不断给朋友写信，也无非希望自己在朋友心目中，能够“音容宛在”。

古人有诗云：“三更有梦书当枕，千里怀人月在峰。”在台湾时，每于深夜披卷读书，常能感觉上一句的意味，如今身处海外，深深体会到的却是“千里怀人月在峰”的况味呢。

浮生半日闲

忙碌的现代人，无不叹闲暇不易得，于是也格外怀念当年农村社会的悠闲岁月。莫说是讲究冲和气象的中国人，就是西方中年以上的人们，亦无不深深怀念着过去的好时光（good old days）。我学习英文时，读到一篇好文章，题目叫作〈*Puttering*〉，照字面解释是漫无目的地摸摸这样，碰碰那样，让时间闲闲地溜走，心也闲闲地一无挂碍。我想在英文中还有"carefree"这个字，可以描写这种心境，这正是我国诗人"水流心不竞，云在意俱迟"的境界。

在那篇文章里，作者以幽默中微带感伤的口吻，描述老一辈的人在 puttering 中所得的情趣。男人们一个大半天蹲在隐蔽的车库里，为找一枚螺丝钉，抖出盛得满满零件的铁罐子，不由得随手翻弄着一些永无用处，但又舍不得丢弃的小东西。不计算时间过去了多少。女人们则为找一粒纽扣，把满满的针线盒子倾倒在桌面上，花上几个钟头去翻弄其中的"宝藏"，因而逗起无穷的甜蜜回忆。至于是否能找到要找的螺丝钉或纽扣，实在无关紧要，快乐的就是那一番摸摸、玩玩。

作者强调地说，漫无目的地摸摸玩玩所产生的是一种“怡然自得感”，也是灵性上的一分“陶醉”。使你忘却一日生活的烦恼与紧张。他更以神往之笔，描绘雨打风吹的秋日午后，老屋的角楼是一所房子中最接近天堂的地方。坐在一口旧箱子上，什么都不用力去看，是艺术的最高意境。我觉得这位作者，对闲适情操的体认，颇近乎我国诗人陶渊明。陶靖节的东篱采菊，正是一种“漫无目的”的闲散动作，南山“悠然”地出现在他面前，他又何曾用力去看。他这种心境，和李白对敬亭山“相看两不厌”的心境全然不同。李白是“群鸟高飞尽，孤云独去闲”的孤绝感，陶靖节则是“云无心以出岫，鸟倦飞而知还”的悠然自得感。所以他才能“晨兴理荒秽，带月荷锄归”，顺应自然，享尽田园之乐。

我不能不慨然乎今日匆忙生活之不能自主。谁还有闲情逸致为一枚螺丝钉或一粒纽扣，打开古老的盒子寻寻觅觅呢？悠闲的时代永远过去了。再多少年后，超音速的陆地行车，也许还嫌太慢。人活着似乎只为抢时间，可是把时间抢下来又何曾好好地过呢？我好怀念小时候在家乡的闲荡日子。漫步在田埂上，自然而然会让路给吃草的黄牛。走在高低不平的卵石大街上，一路都有人笑眯眯地喊我的乳名。

那时，做梦也不会想到，世界上将会出现惊心动魄的斑马线，红绿灯，争先恐后、狂呼怒吼的摩托车，夹住鼻尖或脚后跟的汽车门，冷若冰霜的车掌小姐。那时的人情是多么温暖，天地是多么辽阔，时间是多么富余啊。父亲策杖散步在亭亭的麦浪中，遇到荷锄的农夫，就可与他们聊上半天。他用竹签剔兰花叶上的黑斑，常常忘了吃午饭的时间。坐在书堆里，翻翻这本，摸摸那本，嘴里哼着比昆腔还特别的调子，就可耗上一整天。记得那时整个村庄，只有我家老屋大堂正中挂有一口自鸣钟，而钟摆常常是停止摆动的，即使有时发出的嗒嗒之音，指针所指的时间，和长工们的作息也毫无关系。他们只看日头的高低，听公鸡的啼声，就知道是什么时辰。该下田了，该送接力了，该收工了。

那时候，没有气温表、湿度计，更没有电

台电视的气象预报。可是母亲一清早起来，抬头看天色，嘴里便念念有词："早上云黄，没水煎糖。晚上云黄，大水没池塘。"她十之八九都说对了。长工们看太阳月亮的光晕，看云脚的长短，就知道要刮风了，要下雨了。他们都是大自然教导出来的科学家、预言家。他们也是最懂得生活的诗人。在忙月里，他们胼手胝足，却是口哼小调，面带笑容。闲月里，他们嚼着自己种的花生和胡豆，下象棋、钓鱼，也是口哼着小调，面带笑容。他们从来没有和时间赛过跑，可是从日出到日落，他们都在工作中，他们也都在游戏中。

至于像前文所引述那样 puttering 的情趣，我的母亲，就十足地在时时享受着。我外公有一只八宝箱，是他自己用洋油箱装订而成的。六十多岁的老人，一双毫不颤抖而且灵巧的手，敲敲打打，做成合适的盖子，钉上锁鼻子，漆上防锈的"金漆"，就成了他储藏各种心爱什物的小箱子。一家人里，只有我有权利翻箱倒箧。那些医书、相书、破毛笔、半截墨、泥土里挖出来的竹根、破碗片，是我毫无兴趣的，我最喜欢的是那只福建漆的茶叶盒子，那里面有舅舅小时候挂的银锁链，帽檐上拆下来的彭祖公公。舅舅玩过的长了锈的铜钱，他写的“人、手、足、刀、尺”大字，他读过的《三字经》和有图画的二十四孝。舅舅在三十岁因疟疾不治去世了，因此外公决心下苦功看医书，看了二十多年医书，边学医边看病，真的就成了地方上的好医生。外公讲起舅舅来就仿佛舅舅端张矮凳坐在他身边似的。

外公总是边讲边笑，不像母亲讲起舅舅来就泪眼婆娑。外公的八宝箱里，我每回掏时都发现添了些新东西——他自己用竹节做的烟嘴、文旦皮晒干做成的碗、干佛手、我玩厌了的地陀螺、三炮台香烟罐里各色各样的香烟招牌纸、邮票。此外就是父亲送他的白玉烟嘴，绿玉扳指，杭州舒连记的檀香骨折扇。这些都是我百玩不厌的。我问外公为什么把新的旧的有用的、没用的都收在一起，他说“留着给后代儿孙呀。你将来长大了，打开来看看，便样样都是新的、有用的了”。外公真是个有趣的老人。他的每句话都像含有很深的哲学似的。至于母亲的八宝箱，乃是一只竹编的针线盒，那更耐人翻弄了。盒子分上中下三格：上格是五彩丝线、纸花、锈了一半的鞋面、剪刀、顶针等等；中格是花名宝卷、她手抄的《心经大悲咒》；最下一格藏着一个像红柿子似的朱砂圆盒，里面是我小时候挂的长命百岁金锁片，母亲的旧珠花、银耳环、银手镯等等。每回母亲做针线，我就取出这些首饰来戴上，甩着大手帕演花旦，母亲一面笑眯眯地望着我，有时却眼睛定定地像在想什么心事。

我当时觉得最有趣的是外公的八宝箱里存着舅舅小时候的银锁链，母亲的八宝箱里，存着我小时候的金锁片。后来想想，人就是这样一代一代往下绵延，也就是这样一代一代，把对儿孙的爱埋藏在一个摸得到，看得见的地方。让长大了的儿孙们，有朝一日，打开来摸摸看看，重新领略一下长辈的爱，再一代一代往下传。可惜时至今日，为生事奔波的人们，再也无暇去打开尘封的旧物，而且也无心把虽无用却不舍得丢弃的东西，归在一只箱子或一只盒子里了。这，对他们自己和儿女们来说，都少了一分 puttering 的乐趣，怎不令人惋惜。

可是人来到世间，难道就为了赶时间，赶完了时间就与世长辞吗？想想该有多傻！我们为什么不能学学闲荡，拉开乱七八糟的抽屉，东摸摸、西摸摸，看看家人朋友的照片，理理孩子幼年时的玩具，以消磨整半天呢？如果你感到烦乱依旧，何不任意搭上一班公车，从起点坐到终点，再换另一号车，从终点坐到起点。（选一个下雨天更好）把空间填进时间里，赶走一日的劳忧。如果你仍感到“行漫弥弥，中心如醉”的话，你就无妨在灯火阑珊中，走向一条寂寞的长桥。看上弦月，数星星，回忆旧事，微笑，叹息，赋诗。也许那样又太富浪漫气氛了。其实古人那份“悄立市桥人不识，一星如月看多时”的心情，绝不是浪漫气氛，而是走向“忘忧”“忘我”之境。我们这些劳碌的现代人，是否舍得把时间花在闲荡上，或搞搞所谓的 puttering，以偷得浮生半日闲呢？

若要足时今已足

辛弃疾有两句词："若要足时今已足，以为未足何时足？"短短十四个字，说得非常透彻。俗语说"人比人，气死人""这山望得那山高"，不能满足，就永远没有快乐。

孔子说："居富贵，安于富贵。居贫贱，安于贫贱。"能做到这个"安"字最最不容易。孔子并不鼓励世人非要居陋巷、箪食瓢饮以表示清高。他也赞成人们能安享富贵，只要是循正当途径努力获得的。他不赞成强求。强求来的富贵必然患得患失，钱多了还求再多，位高了还想再高。如此则当然不会安心，所以他的教诲着重在一个"安"字。

至于居贫贱，尤其难"安"，眼看别人锦衣玉食、高楼大厦，自己何以陷于穷困？眼看别人官居要津，自己何以郁郁沉下僚？若不能反躬自省不如人之处，而只是心怀怨怼与嫉妒，这颗心就不会安，不安就容易走上邪辟之途，或作奸犯科、无所不为了。

我如此沉思着，身子靠在从台湾带来的一

口五斗柜边，感到它是那么的扎实，又是那么的亲切。因为它与我们相依了足足三十六年。在这段漫长的岁月里，我们有忧患也有欢乐，有挫折也有鼓舞。患难与共的五斗柜应该都知道。它抽屉的一角，到现在还一直摆着一个小饼干盒。那是我们过去储蓄每个月辛勤所得积余的“保险箱”。我也捧了它三十六年，舍不得丢弃。如今用它收藏各地好友寄来的纪念品，这一份情谊远胜于珠宝金玉。

五斗柜虽已陈旧褪色，但木料极好，是我们刚成家时倾囊倒箧所购最豪华的家具。我们前后搬了七次家，它永远伴随我，在卧室与我默默相对。以美国人看来，它是丢在马路边都没人捡的，但我却十分宝爱它，不只因为它坚实耐用，更是因为它会时时提醒我那一段艰苦奋斗的历程。

美国人喜新厌旧，几乎搬一次家扔一次家具，或是“低价贱卖”。外子说：“真想买一套新的沙发与桌椅，把这些旧兮兮的一起扔掉，表现一下‘豪华’”。

我大为生气，说：“你忘了这套沙发是我们当年考虑多久才狠下心买的吗？那一份‘豪华’的感觉，正和买五斗柜时一样，至今永在心头。我已感到很满足，一点也没有换新家具的奢望。”

他摇摇头说：“你太落伍了。我们已偌大年纪了，何不享受一下呢?”我说：“享受是没有底的，知足常乐啊!”于是我又念了一遍：“若要足时今已足，以为未足何时足?”他默然了。

方寸田园

一位文友自美归来，与朋友们畅叙离情以后，就悄悄地回到她乡间自己经营的三间小屋中，读书译作，静静地度过农历新年。她可说真懂得众人皆忙我独闲的诀窍，追求归隐生活的恬静。难怪另一位文友欣羡地说："真希望什么时候也有个田园可归。但又觉得自己仍不够那份淡泊，俗愿尚多，大概没有那种福分。"

玲珑的三间小屋隐藏在碧树果林之中，满眼的绿水青山，满耳的松风鸟语，整天里不必看时钟，散步累了就坐在瓜棚下看书，手倦抛书，就可以睡一大半天，太阳、月亮、星星，轮流与你默默相对，这份隔绝尘寰的幽静，确实令人神往。但若没有朋友共处，会不会感到寂寞呢？且看小屋的主人，住不多久，就匆匆赶回十丈软红的台北市，一到就打电话再次"畅叙离情"。可见田园的幽静，还是敌不过友情的温馨。

古代的隐士，在空谷中闻足音则喜。因为"鸟语"究不及"人语"可以互通情愫。陶渊明先生尽管嚷着“息交绝游”，但他在“乐琴书”之外，仍然要“悦亲戚之情话”。他的理想国桃花源中人，一个个都要设酒杀鸡，款待洞外闯入的陌生人，也关心着洞外的人间岁月。我想那时代如果已有电话，陶先生一定会在北窗高卧、酒醒之时，拨个电话和山寺老僧聊上半天，或是给念一首新作好的长诗，彼此讨论一番。因为“得句锦囊藏不住，四川风雨送人看”的人，怎么离得开朋友呢？

我认为。山水使人理智清明，友情使人心灵温厚。名山胜迹，总愿与好友同游；美景良辰，亦望与好友同享。张心斋把朋友分成五类，他说：“上元须酌豪友，端午须酌丽友，七夕须酌韵友，中秋须酌淡友，重九须酌逸友。”他固然妙语如珠，亦见得前人有此清闲。而我们如能于百忙之中挤出一点时间，约二三知友小酌，琅琅笑语，畅话平生，其乐并不亚于徜徉于青山绿水之间。辛弃疾不是说吗，“我见君来，顿觉吾庐溪山美哉”。溪山就是好友，好友胜似溪山，想起王安石与苏东坡在政见上是死对头，可是安石罢官退隐金陵以后，东坡去探望他，安石留他同住山间。东坡答诗云：“劝我试求三亩宅，从公已觉十年迟。”依旧是无限文章知己之感。

人到中年以后，心情由绚烂趋于平淡，本来都会倾向山水田园，可是生为一个忙碌的现代人，既无时间寻幽探胜，更不可能遁迹深山，倒不如安之若命地在现实生活中追寻一些那位文友所谓的“俗愿”，亦未始不可以充实一下心灵。否则居魏阙而思江湖，心情反而不能平静。杜甫虽然讴歌“在山泉水清，出山泉水浊”，他自己并不甘心做一个“天寒翠袖薄，日暮倚修竹”的佳人。因为他既有“致君尧舜上，再使风俗淳”的大愿，也有“但愿我与汝，终老不相离”的小愿。人若没有一愿，就没有了热诚，也失去了生活的情趣，恐怕连山水田园之乐，都不能体会了。

说起我们这些人的俗愿，也是非常容易满足的。比如说，逛逛书店，买到自己心爱的书；观摩书画展，领略一下名家笔下的意境；听听音乐会、演讲会，扩展一下胸怀；抽空去买点鲜花或小摆饰给小屋添点生机绿意；甚至研究一下化妆术使自己容光焕发一番；以至学习一下烹调术使全家大快朵颐，这些都不能说是奢侈的俗愿，倒可以说是极淡泊的雅愿，使自己活得健康，活得快乐。同时将快乐、健康与友人共享，如此则虽然身处现代都市之中，也不会感到都市的俗尘，令人生厌了。

最近在一位朋友家中小聚，他小小的客室壁间，挂着不同风格的书画。风雅的主人如数家珍似的为我们解说画法、笔意。他的书房里更有许多心爱的汉砚、青田石陶器等等，闲来把玩，意兴无穷。最有趣的是书桌边一树枯藤，悬着一个葫芦。书架上一座老树丫杈，嵌着一块圆卵石，他将山中的盎然古意，移至几案之间，真是位懂得如何美化生活的雅人。

如此看来，我们暂时无田园可归时，无妨在方寸灵台之间，自辟一片田园，不但自己能徜徉其间，亦可以此境与朋友共享。那么，纵使“结庐在人境”，也可以“心远地自偏”了。

镜里朱颜改

有一次，见到一位四十年前曾经轰动国际影坛的大明星。她皮肤细洁，眼波流盼处，不减当年风采。一对迷人的酒窝，依旧那么妩媚。我惊叹她怎么如此驻颜有术。她说："有什么术呢？我只是忘了年龄，尽量地找乐子，笑口常开。"她又告诉我说："从前我先生有点不顺心的事，就挂着脸不开腔。我拿一面镜子给他照，问他看看你这张生气的脸，漂亮不漂亮？你为什么不笑一笑，心里就轻松了。天大的事也会想得出解决办法的。"我想这是她几十年的人生体验，也是她青春长驻的主要原因。

镜子真是我们最好的写照。镜子的谜语是"象忧亦忧，象喜亦喜"。我想把它改为"你笑我也笑，你哭我也哭"。我们每天揽镜自照，担心的是鬓边白发添了几许？额上皱纹加了多少？而白发与皱纹却是愈数愈多了。秦少游的词说："日边清梦断，镜里朱颜改。春去也，飞红万点愁如海。"有飞红似海的愁，焉得不改变朱颜。难怪这位词人只活到五十二岁就告别人间。豁达的辛弃疾就好得多了。他说:“我见青山多妩媚,料青山见我应如是。情与貌,略相似。”心情影响容颜,怡悦的心情,会使你容光焕发。

现代女性都非常讲究美容,各电台电视节目时常有讲授化妆术的。怎样描眉眼,怎么施朱铅,什么样的脸型配什么样的发型和耳环。临睡前用营养霜按摩皮肤增加皮肤弹性,消除皱纹,使眼皮与嘴角不要随着年龄耷拉下来。这些方法未始没有效果,但最好的美容术还是最简单的一个“笑”字。笑起来,眉飞色舞,眉毛自然上升,嘴角自然上翘了。英文里有一句格言说:“If you have a frown, try to make it up sidedown.”不妨试试看。据生理学家说:“笑的时候,只牵动脸部筋肉十六条。但哭的时候,却要牵动脸部筋肉六十五条。”筋肉总是少牵动少疲劳的好。可惜人们都不知道这个道理。听说有一位太太怕笑会增加皱纹,整天绷着脸不笑。她即使没有皱纹,也不过是具石膏像,有什么意思呢?

笑是世界上共同的语言。孩子不会说话时就先会笑,语言文字不相通的两个人,可以有会心的微笑。你对人笑脸相迎，别人不会对你怒目而视。据心理学家说：你内心愁怀难遣之时，对着镜子，勉强自己咧开嘴笑一笑，把肌肉放松，看看自己脸部表情，是不是比哭丧脸好看些，然后想些快乐轻松的字眼，用嘴巴念出声来，或是背一首诗词，唱一支歌，那悦耳的声音会引起你美丽的意象，心情也不由得轻松起来，这是行为影响心理的妙用，倒是值得一试。

我常于愁闷难遣之时，丢下一切，在附近跑一圈，买点小玩意，和年轻的女店员谈谈。称赞她们的美丽和服务周到，拿起一件颜色鲜艳的毛衣对着镜子比比，看看自己的脸色比刚出家门时好得多了。如遇到懂得顾客心理的小姐说一声："太太，你皮肤好，穿这颜色更年轻了。"那就更会笑逐颜开，忘却忧愁了。

"镜里朱颜改"，本来是无可奈何的事，可是保持轻松愉悦的心情，亦未始不能"一笑百媚生"呢！

一对金手镯

我心中一直有一对手镯，是软软的十足赤金的，一只在我自己手腕上，另一只套在一位异姓却亲如同胞的姊姊手腕上。

她是我乳娘的女儿阿月，和我同年同月生，她是月半，我是月底，所以她就取名阿月。母亲告诉我说：周岁前后，这一对“双胞胎”就被拥抱在同一位慈母怀中，挥舞着四只小拳头，对踢着两双小胖腿，吮吸丰富的乳汁。是因为母亲没有奶水，把我托付给三十里外邻村的乳娘，吃奶以外，每天一人半个咸鸭蛋，一大碗厚粥，长得又黑又胖。一岁半以后，伯母坚持把我抱回来，不久就随母亲被接到杭州。这一对“双胞姊妹”就此分了手。临行时，母亲把舅母送我的一对金手镯取出来，一只套在阿月手上，一只套在我手上，母亲说：“两姊妹都长命百岁。”

到了杭州，大伯看我像块黑炭团，塌鼻梁加上斗鸡眼，问伯母是不是错把乳娘的女儿抱回来了。伯母生气地说：“她亲娘隔半个月就去看她一次，怎么会错？谁舍得把亲生女儿给了别人？”母亲解释说：“小东西天天坐在泥地里吹风晒太阳，怎么能不黑？斗鸡眼嘛，一定是两个对坐着，白天看公鸡打架，晚上看菜油灯花，把眼睛看斗了，阿月也是斗的呀。”说得大家都笑了。我渐渐长大，皮肤不那么黑了，眼睛也不斗了，伯母得意地说：“女大十八变，说不定将来还会变观音面哩。”可是我究竟是我还是阿月，仍常常被伯母和母亲当笑话谈论着。每回一说起，我就吵着要回家乡看双胞姊姊阿月。

七岁时，母亲带我回家乡，第一件事就是去看阿月，把我们两个人谁是谁搞个清楚。乳娘一见我，眼泪扑簌簌直掉，我心里纳闷，你为什么哭，难道我真是你的女儿吗？我和阿月各自依在母亲怀中，远远地对望着，彼此都完全不认识了。我把她从头看到脚，觉得她没我穿得漂亮，皮肤比我黑，鼻子比我还扁，只是一双眼睛比我大，直瞪着我看。乳娘过来抱我，问我记不记得吃奶的事，还絮絮叨叨说了好多话，我都记不得了。

那时心里只有一个疑团，一定要直接跟阿月讲。吃了鸡蛋粉丝，两个人不再那么陌生了，阿月拉着我到后门外矮墙头坐下来。她摸摸我的粗辫子说："你的头发好乌啊。"我也摸摸她细细黄黄的辫子说："你的辫子像泥鳅。"她噘了下嘴说："我没有生发油抹呀。"我连忙从口袋里摸出个小小瓶子递给她说："喏，给你，香水精。"她问："是抹头发的吗？"我说："头发、脸上、手上都抹，好香啊。"她笑了，她的门牙也掉了两颗，跟我一样。我顿时高兴起来，拉着她的手说："阿月，妈妈常说我们两个换错了，你是我，我是你。"她愣愣地说："你说什么我不懂。"我说："我们一对不是像双胞吗？大妈和乳娘都搞不清谁是谁了，也许你应当到我家去。"她呆了好半天，忽然大声地喊："你胡说，你胡说，我不跟你玩了。"就掉头飞奔而去，把我丢在后门外，我骇得哭起来了。母亲跑来带我进去，怪我做客人怎么跟姊姊吵架，我愈想愈伤心，哭得抽抽噎噎地说不出话来。乳娘也怪阿月，并说："你看小春如今是官家小姐了，多斯文呀。"听她这么说，我心里好急，我不要做官家小姐，我只要跟阿月好。阿月鼓着腮，还是好生气的样子。母亲把她和我都拉到怀里，捏捏阿月的胖手，她手上戴的是一只银镯子，我戴的是一对金手镯，母亲从我手上脱下一只，套在阿月手上说：“你们是亲姊妹，这对金手镯，还是一人一只。”我当然已经不记得第一对金手镯了。乳娘说：“以前那只金手镯，我收起来等她出嫁时给她戴。”阿月低下头，摸摸金手镯，它撞着银手镯叮叮作响，乳娘从蓝衫里面掏了半天，掏出一个黑布包，打开取出一块亮晃晃的银元，递给我说：“小春，乳娘给你买糖吃。”我接在手心里，还是暖烘烘的，眼睛看着阿月，阿月忽然笑了。我好开心，两个人再手牵手出去玩，我再也不敢提“两个人搞错”那句话了。

我在家乡待到十二岁才再去杭州，但和阿月却并不能时常在一起玩。一来因为路远，二来她要帮妈妈种田、砍柴、挑水、喂猪，做好多好多的事，而我天天要背古文、《论语》、《孟子》，不能自由自在地跑去找阿月玩。不过逢年过节，不是她来就是我去。我们两个肚子都吃得鼓鼓的跟蜜蜂似的，彼此互赠了好多礼物，她送我用花布包着树枝的坑姑娘（乡下女孩子自制的玩偶）、小溪里捡来均匀的圆卵石、细竹枝编的戒指与项圈。我送她大英牌香烟盒、水钻发夹、印花手帕，她教我用指甲花捣出汁来染指甲。两个人难得在一起，真是玩不厌地玩，说不完地说。可是我一回到杭州以后，彼此就断了音信。她不认得字，不会写信。我有了新同学也就很少想到她。有一次听英文老师讲马克·吐温的双胞弟弟掉在水里淹死了，马克·吐温说："淹死的不知是我还是弟弟。"全课堂都笑了。我忽然想起阿月来，写封信给她也没有回音。分开太久，是不容易一直记挂着一个人的。但每当整理抽屉，看见阿月送我的那些小玩意时，心里就有点怅怅惘惘的。年纪一天天长大，尤其自己没有年龄接近的姊妹，就不由得时时想起她来。母亲那时早已一个人回到故乡，过着寂寞幽居的生活。我十八岁重回故乡，母亲双鬓已斑，乳娘更显得白发苍颜。乳娘紧握我双手，她的手是那么的粗糙，那么的温暖。她眼中泪水又涔涔滚落，只是喃喃地说："回来了好，回来了好，总算我还能看到你。"我鼻子一酸，也忍不住哭了。阿月早已远嫁，正值农忙，不能马上来看我。十多天后，我才见到渴望中的阿月。她背上背一个孩子，怀中抱一个孩子，一袭花布衫裤，像泥鳅似的辫子已经翘翘地盘在后脑。原来十八岁的女孩已经是两个孩子的母亲了。

我一眼看见她左手腕上戴着那只金手镯。而我却嫌土气没有戴，心里很惭愧。她竟喊了我一声："大小姐，多年不见了。"我连忙说："我们是姊妹，你怎么喊我大小姐？"乳娘说："长大了要有规矩。"我说："我们不一样，我们是吃您奶长大的。"乳娘说："阿月的命没你好，她十四岁就做了养媳妇，如今都是两个女儿的娘了。只巴望她肚子争气，快快生个儿子。"我听了心里好难过，不知怎么回答才好，只得说请她们随我母亲一同去杭州玩。乳娘连连摇头说："种田人家哪里走得开？也没这笔盘缠呀！"我回头看看母亲，母亲叹口气，也摇了下头，原来连母亲自己也不想再去杭州，我感到一阵茫然。

当晚我和阿月并肩躺在大床上，把两个孩子放在当中。我们一面拍着孩子，一面琐琐屑屑地聊着别后的情形。她讲起婆婆嫌她只会生女儿就掉眼泪，讲起丈夫，倒露出一脸含情脉脉的娇羞，真祝望她婚姻美满。我也讲学校里一些有趣顽皮的故事给她听，她有时咯咯地笑，有时眨着一双大眼睛出神，好像没听进去。我忽然觉得我们虽然靠得那么近，却完全生活在两个世界里。我们不可能再像第一次回家乡时那样一同玩乐了。

我跟她说话的时候，都得想一些比较普通，不那么文绉绉的字眼来说，不能像同学一样，嘻嘻哈哈，说什么马上就懂。我呆呆地看着她的金手镯，在橙黄的菜油灯光里微微闪着亮光。她爱惜地摸了下手镯，自言自语着："这只手镯，是你小时回来那次，太太给我的。周岁给的那只已经卖掉了。因为爸爸生病，没钱买药。"她说的太太指的是我母亲。我听她这样称呼，觉得我们之间的距离又远了，只是呆呆地望着她没做声。她又说："爸爸还是救不活，那时你已去了杭州，只想告诉你却不会写信。"他爸爸什么样子，我一点印象都没有，只是替阿月难过。我问她："你为什么这么早就出嫁？"她笑了笑说："不是出嫁，是我妈叫我过去的。公公婆婆借钱给妈做坟，婆婆看我还会帮着做事，就要了我。"说这些话的时候，她的眼睛一直是半开半闭的，好像在讲一个故事。

过了一会儿，她睁开眼来，看看我的手说："你的那只金手镯呢？为什么不戴？"我有点愧赧，讪讪地说："收着呢，因为上学不能戴，也就不戴了。"她叹了口气说："你真命好，去上学，我是个乡下女人。妈说得一点不错，一个人注下的命，就像钉下的秤，一点没得反悔的。”我说：“命好不好是由自己争的。”她说：“怎么跟命争呢？”她神情有点黯淡，却仍旧笑嘻嘻的。我想如果不是我一同吃她母亲的奶，她也不会有这种比较的心理，所以还是别把这一类的话跟她说得太多，免得她知道太多了，以后心里会不快乐。人生的际遇各自不同，我们虽同在一个怀抱中吃奶，我却因家庭背景不同，有机会受教育。她呢？能安安分分、快快乐乐地做个孝顺媳妇、勤劳妻子、生儿育女的慈爱母亲，就是她一生的幸福了。

我虽知道和她生活环境距离将日益遥远，但我们的心还是紧紧靠在一起，彼此相通的。因为我们是“双胞姊妹”，我们吮吸过同一位母亲的乳汁，我们的身体里流着相同成分的血液，我们承受的是同等的爱。想着这些，我忽然止不住泪水纷纷地滚落。因为我即将回到杭州续学，虽然有许多同学，却没有一个曾经拳头碰拳头、脚碰脚的同胞姊妹。可是我又有什么能力接阿月母女到杭州同住呢？

婴儿啼哭了，阿月把她抱在怀里，解开大

襟给她喂奶。一手轻轻拍着，眼睛全心全意地注视着婴儿，一脸满足的神情。我真难以相信，眼前这个比我只大半个月的少女，曾几何时，已经是一位完完全全成熟的母亲。而我呢？除了啃书本，就只会跟母亲闹别扭，跟自己生气，我感到满心的惭愧。

阿月已很疲倦，拍着孩子睡着了。乡下没有电灯，屋子里暗洞洞的。只有床边菜油灯微弱的灯花摇曳着，照着阿月手腕上黄澄澄的金手镯。我想起母亲常常说的，两个孩子对着灯花把眼睛看斗了的笑话，也想起小时回故乡，母亲把我手上一只金手镯脱下，套在阿月手上时慈祥的神情，真觉得我和阿月是紧紧扣在一起的。我望着菜油灯灯盏里两根灯草芯，紧紧靠在一起，一同吸着油，燃出一朵灯花，无论多么微小，也是一朵完整的灯花。我觉得和阿月正是那朵灯花，持久地散发着温和的光和热。

阿月第二天就带着孩子匆匆回去了。仍旧背上背着大的，怀里搂着小的，一个小小的妇人，显得那么坚强那么能负重任。我摸摸两个孩子的脸，大的向我咧嘴一笑，婴儿睡得好甜，我把脸颊亲过去，一股子奶香，陡然使我感到自己也长大了。我说："阿月，等我大学毕业，做事挣了钱，一定接你去杭州玩一趟。"阿月笑笑，大眼睛润湿了。母亲忽然想起一件事来，急急跑上楼，取来一样东西，原来是一个小小的银质铃铛，她用一段红头绳把它系在婴儿手臂上，说："这是小春小时候戴的，给她吧！等你生了儿子，再给你打个金锁片。"母亲永远是那般仁慈、细心。

我再回到杭州以后，就不时取出金手镯，套在手臂上对着镜子看一回，又取下来收在盒子里。这时候，金手镯对我来说，已不仅仅是一件纪念物，而是紧紧扣住我和阿月这一对"双胞姊妹"的一样摸得着、看得见的东西。我怎么能不宝爱它呢？

可是战时肄业大学，学费无着，以及毕业后的转徙流离，为了生活，万不得已中，金手镯竟被我一分分、一钱钱地剪去变卖，化作金钱救急。到台湾之初，我花去了金手镯的最后一钱，记得当我拿到银楼去换现款的时候，竟是一点感触也没有，难道是离乱丧亡，已使此心麻木不仁了？

与阿月一别已将半个世纪，母亲去世已三十五年，乳娘想亦不在人间，金手镯也化为乌有了。可是年光老去，忘不掉的是点滴旧事，忘不掉的是梦寐中的亲人。阿月，她现在究竟在哪里？她过的是什么样的日子呢？她的孩子又怎样了呢？她那只金手镯还能戴在手上吗？

但是，无论如何，我心中总有一对金手镯，一只套在我自己手上，一只套在阿月手上，那是母亲为我们套上的。

春节忆儿时

宰猪

我的故乡，是浙江永嘉县的瞿溪乡，童年时代，都在乡间度过。在我记忆中，每年到了天主教堂的白姑娘（故乡对修女的称呼），忙外国冬至（圣诞节）的时候，就是家家户户忙农历新年的开始了。

九月晚谷收成时所酿的新酒，到腊月开缸，只要闻到一阵阵新酒的香味，就知道第一件大事要办，那就是宰猪。我家每年要宰两头猪。宰猪的日子愈近，母亲的心情愈沉重，而这件大事，又非办不可，因为用自己家养的猪，祭天地、财神、祖先，是表示最大的敬意。于是在三天前，母亲就吃斋念佛，以减轻“罪孽”。我呢，也在三天前就开始兴奋，等待那一幕又想看又不敢看的情景来临。最奇怪的是猪圈里两头又肥又壮的猪，也从三天前就胃口大减，愈来愈吃得少，到了当天，竟至于绝食了。平时，都是母亲或阿荣伯送猪饲，我跟在后面，看它们啪嗒啪嗒地吃得好香，阿荣伯有时还伸进手去拍拍它们的头顶，拉拉它们的肥耳朵，它们也会用湿漉漉的鼻子友善地碰碰他的手背。可是到最后一天，母亲和阿荣伯都不忍心进去了。据女佣说，香喷喷的饲料倾在猪槽里，它们只是无精打采地躺着，连头都不抬一下呢。

宰猪都在清晨三四点钟，屠夫是早已约定的，母亲半夜里就起来烧水，把门窗关得紧紧的，不让我听到猪的惨叫声。等我从睡梦中完全清醒过来，偷偷赶到后院时，两头猪已被吹得跟大象一样，毛都快刮干净了。它们紧闭着眼睛，在热汤大木桶里，四脚朝天地躺着，任由长工摆布。我走过猪圈看看是空的，心里很难过，看厨房里忙碌的母亲，嘴里喃喃地念着往生咒，以超度“猪魂”。我也跟着念起来，仿佛念过咒，再吃它们的肉，就算对得起它们了。童稚无知，哪里懂得世间事无法避免矛盾。逢年过节，哪得不杀生。母亲终年辛苦，饲养的猪鸡鸭，平时那样关心它们，连一条米虫都要摇摇摆摆地送给鸡啄。而到了年关，决定哪天杀它们的还是她。全家大小，除了她，都是闻其声而食其肉。她只好以上天注定畜类供人类享受，杀了它们反得转世为人以自慰了。

大户人家的猪肉，都留作自己吃，腌肉、酱肉、卤肉不一而足。而穷人的一头猪，往往只够还债务，债务多的，在宰猪的当时，债主们就群集现场，叉着双手等待宰割猪肉抵债。一会儿就被瓜分无遗，连给孩子们留副猪心猪肝都办不到。因为如果欠人五块银元，一年里连本带利，就几乎抬走半头猪。所以有人向母亲借钱，母亲从不要他们还，相反的，还分别送几斤上好猪肉给他们，点缀年景，她真是做到“见贫苦亲邻，须加温恤”的程度。而邻居也都纷纷送来整篮鲜红的大吉（橘子和柑）或新鲜的鸡蛋，以报答好意，倒是给新年增添了一片欢乐祥和气氛。

猪肉一刀刀的挂满两厢房的廊檐下。此外更有一两百只的酱鸭和连串的鸭肫肝，以备平时款客和父亲吟诗下酒之用。我的一位堂房叔叔，时常偷了鸭肫肝生啃，阿荣伯每天数数都少一个，就对他警告。堂叔说他把肫肝当念佛珠，每天点一个肫肝念一句阿弥陀佛，并没有吃它。说肫肝已化去，鸭子的灵魂被超度了。他淘气捣蛋，是新年里最活跃的人物，我都喊他肫肝叔叔。

掸尘

非常文雅的家乡土话，就是春节的大扫除。这项节目，对我来说，也非常感兴趣。因为平时许许多多的东西，都收在不知什么地方，这时全搬出放在天井里，彻底地洗涤，我就在当中跨过来跨过去，摸摸碰碰，问这是什么，那是什么。储藏室的门敞开着，瓶瓶罐罐等好吃的东西，也都搬出来摆在走廊下的长桌上，花生糖、芝麻饼、金丝蜜枣、糖莲子，还有整大缸瓯柑，我和肫肝叔叔可以大显身手，趁火打劫。加以家庭教师已给我们放假，到正月初八迎神庙戏以后才开课，我们心里无牵无挂，可以敞开地吃敞开地玩。肫肝叔叔连刚开缸的新酒都会舀出来喝。

我呢，吃够了就在母亲身边绕来绕去，给她越帮越忙。母亲非常仔细，每样东西，都要亲自检点，放回原处，取用时才顺手。她一边谨慎小心地捧着碗碟等放进橱中，一边嘴里不停地念“瓶瓶碗碗、瓶瓶碗碗”，就是“平平安安、平平安安”的意思，家乡话“安”“碗”同音。如果油、盐、酱、醋用完了，她绝不说“完了”或“没有”二字，她一定说

“用好了”或“不有了”。而把“好”字和“有”字的声音，提得好高，拉得很长，表示样样都有，事事美好。数数遇到“四”，一定说“两双”，绝不说“四”，因为声音不好听。这时候，抽着旱烟管晒晒暖（晒太阳）的外公，就用微微颤抖的手，剪出大红元宝、金元宝，贴在厨房门上、碗橱上。碗橱门洗刷以后，金色“卍”字显出来，贴上了红元宝格外地亮。到处红，到处亮，一片热闹的新年气象，新年马上要来了。

捣糖糕

紧接着是做年糕，我家乡称为“捣糖糕”。米粉在蒸笼中蒸透以后，加红糖在石臼里捣得糖色均匀，并有了弹性，然后用长方雕花模型压成一条条朝笏似的长年糕，一排排叠得高高的，以备正月里送礼请客之需。长工们做年糕，阿荣伯就捏元宝，大大小小的元宝捏了无数个。捏一个最大的（有米斗那么大），再以红绒线串了一百个子孙钱（崭新发亮的铜钱）套在上面，摆在大厅靠屏风的琴桌正中。其他的元宝，由大而小，九个一叠，九九生财，摆在灶脊上、谷仓里，由我帮着去摆。这时，母亲在厨房里蒸松糕，一层猪油，一层红枣，一层红糖，好甜好香，我一手松糕，一手糖糕，这边一口，那边一口，阿荣伯做好了元宝，又给我捏一个关公、一个张飞。我在厨房与走廊之间，大人们的缝儿里钻来钻去，我告诉阿荣伯说我都快乐得要裂开来了。

最后的一笼，是“富贵年糕”。那是专门给叫花子的。在一般人家，富贵年糕，至多蒸一笼，糖加得少，米粉也较粗。母亲总是让他们做两笼，而且是同样多的糖，同样细的米粉。她说一年一次是难得的。富贵年糕，只有一部分用模型压的给叫花头，其余的只搓成圆筒筒，再切成一段段，计口授粮，不论男女老幼，每人一段。从初一到初五，叫花子全家出动，背上背一个，怀里抱一个，手上再牵一个，成群结队而至。前门讨了，转到后门又来讨。一年到头是这几张熟面孔，阿荣伯都认得，我也有好多认得。他们满口的“大老爷、太太、大小姐，加福加寿，多子多孙，一钱不落虚空地，明里去了暗里来，高升点，年糕多给一块，高升点”。就跟唱流水板似的。阿荣伯想不重给也不好意思。他们还会说：“阿荣伯，你做的年糕比哪一家大户人家的都细、都甜。”阿荣伯更乐了，谁不喜欢戴高帽子呢。阿荣伯说，叫花头告诉他，他们新年里讨来的年糕，总有好几大箩，吃不完都卖出去。只有从我们潘宅讨去的年糕，不偷工减料，是一定存着自己慢慢吃的。阿荣伯最后总是高兴地说：“这是老爷太太积德。”

那些年富力强的男女，五官完整，却是一代传一代地以乞讨为常业。这种恶习，不能不说是村子里乐善好施的大户人家所养成。在当时好心的母亲是相信善有善报，在父亲来说，是中年人心灵上的一点补偿。我呢，只觉得做叫花多么自由自在，多么好玩，起码不必读书了。如今想起那些被背在背上日晒风吹的婴儿，和光着脚板整天东奔西跑，和我差不多年龄的孩子，他们何以被注定当叫花。乡民们有这种善心，为什么不捐钱办乡村小学，办收容所呢？

祭灶

掸完了尘，捣好了糖糕，就是二十四夜送灶神爷。厨房里菜油灯剔得亮亮的，抹得干干净净的大锅灶上，摆上了鸡鱼鸭肉、糖果年糕。点上香烛，祭拜以后，即将满是烟尘的灶神火化，送他上天传好事，下地降吉祥。据说灶神爷最富人情味，吃了一顿好的，在玉皇大帝面前就只是隐恶扬善。在我的记忆中，并没有拿糖黏住他的嘴或贴住他的眼的恶霸行为。我想既已升作神祇，至少高了人类一等，总不会像人类那么现实，也不能由得人类这般摆布吧。

送灶神既是个小小的典礼，又是一个序幕，从此以后，就一天天更进入年景了。

分岁酒

大除夕的下午，年景已进入高潮。大厅里红木桌和太师椅，都扎上大红缎盘金双仙和合的桌披椅披。一对凤凰、一对双龙抢珠的锡烛台，一字儿排开，正中是狮子捧仙球的锡檀香炉。香烟从张开的狮子口和镂空的圆球中喷出来，整个大厅都是芬芳的檀香味。一大一小两对蜡烛，要等父亲主祭天地和祖先时才点上。我和族里兄弟姐妹们都一个个穿上了新衣。自从父亲回来以后，给我带来一件粉红缎圆角棉袄、一条水绿华丝葛裙子。我穿上了，就在桌披下面钻进钻出，演花旦，当新娘。姐妹们都好羡慕我。前廊里亮起了煤气灯，发出呼呼的声音，格外令人兴奋。到处金光闪闪，我也金光闪闪。我又要开心得裂开来了，阿荣伯说的。

不一会儿，从厨房里端出大碗大碗热腾腾的菜。整鸡（基业稳固），猪头鼻梁上横着尾巴（有头有尾），整鱼（年年有余），豆芽（年年如意），红糖莲子（子孙满堂），甘蔗（节节高），藕（路路通），橘子（大吉），柑（升官），阿荣伯样样说得出名堂。色色具备之后，父亲燃上香烛，带领全家跪拜，先祭天地、谢神灵，后祭祖先。父亲一脸的崇敬，我们孩子们也鸦雀无声。祭拜完毕，洒一杯酒在地上，然后烧驸马和金银纸钱。百子炮（即鞭炮）一开始响，顿时就热闹起来。百子炮愈长，放的时间愈久，表示这家愈富裕，愈兴旺。长工从二楼上的栏槛外挑起竹竿，几丈长的百子炮垂下来，噼噼啪啪一直响个不停。父亲的脸上露出欣慰、满足的笑容。他坐在太师椅里，我们围上去团团拜下。他从黑缎马褂的暗口袋里，抽出红封袋，每人一封，一律的两块银大洋。这时附近邻居的孩子们，听到鞭炮声全都来了，女孩子大部分已穿上鞋子，男孩子仍都是光脚板，他们是来等放完鞭炮，在天井里捡没有燃过的小炮。他们看大堂上灯烛辉煌，满桌的菜肴冒着腾腾热气，一个个都张开嘴看呆了。父亲一高兴起来，叫母亲再捧出一叠银大洋，一叠红封套，每人一块分给他们。阿荣伯生怕越聚越多，就把风水门（大门）关上，带着他们从边门出去。

我望着父亲满面红光，小小的心灵感染了一分骄傲，也替得到一块银大洋的小朋友们快乐。因为他们的父母，是再也不会给他们一块银洋钱作压岁钱的。我的两块银洋钱，在口袋里叮叮地响。坐在母亲身边，开始吃分岁酒了：鸡、鸭、肉，除了鱼，每样都得吃到。饭碗里必定要剩两粒饭，不能“吃光”。一对红蜡烛放在饭桌上，表示祖宗分给我们一人一岁，母亲说：“又长一岁了，要乖哟。”

吃好分岁酒，阿荣伯捧出一个米筛，装着切成一段段的生红薯，用香梗当签子，叫我帮着插上小红烛，点了在长廊上每五六步摆一盏。楼上楼下，前后厢房，厨房、谷仓，到处都摆了。母亲在灯盏里加了满满的菜油，于是煤气灯、洋油灯、菜油灯、蜡烛灯，处处一片光明，憩坐室正中的炭炉也烧得旺旺的，年纪大的围着取暖、谈天。年纪轻的开始撒状元红，推牌九。我们孩子就在缝儿里挤。哪个赢就向哪个吃红一大枚，父亲平时很严肃，只有过年时总是笑嘻嘻的。大家尽情欢乐，因为守岁一直要过子夜。到了一点钟，一声爆竹，除旧迎新，又是一年的开始了。

那一分彩色缤纷的情景，至今萦绕心头。可是另有一副情景，也使我永志难忘。有一个除夕，我趁大人不注意，从边门溜到邻居阿芸家玩。厨房里只点一盏菜油灯，一对小小的蜡烛。从我们满堂灯火中，忽然进入她那儿，格外觉得幽暗，我看见灶下柴仓边坐着一位老公公，捏着旱烟管，呼嘟嘟地吸，吸完了在泥地上咯咯地敲，敲了装上烟再吸。脸板板的没有笑。我问阿芸："他是你外公吗?"阿芸说："才不是呢，他是来讨债的，我们欠他八块钱，宰了猪还他五块，还欠三块，他就坐着不走。"我问她："你爸呢?"她说："上外面赌钱了。"我心里好难过，摸摸身边有好几块银元，摸出三块说："给你妈先还他好吗?"阿芸生气地把我的手一推说："我不要，妈妈也不要。你放心，过了半夜，他自会走的。"回来以后，我告诉母亲，母亲说："阿芸的妈是不肯白拿人钱的，等过了初五，我请她帮忙做点针线，多算点工钱给她，她才要的。”

第二天初一，我又去阿芸家，又看见那位老公公，还对阿芸的妈说恭喜发财。尽管大年夜追债追得凶，初一仍是见了面笑嘻嘻的。阿芸的妈泡了碗橄榄糖茶给他喝，他喝了糖茶，两个指头把橄榄一夹，捏在手心里就喷着旱烟走了，因为橄榄就是元宝，他一定要的。

拜年

年初一，可以比平时多睡一个时辰，不必天没亮就起来煮饭，因为饭、菜都是现成的，初一不煮饭，不用刀、剪子、针，也不扫地，因为它们一年辛苦，也要休息一天。初一也不点灯，一家人早早吃了晚饭，天没黑都睡了。

初二才开始拜年。这是我的一项重要任务。每回都是阿荣伯提着满篮的大红蓬包——红纸衬着粗草纸，包成长七寸宽五寸梯形的纸包，包的是红枣、莲子、桂圆、松糖等，种类分量各有不同，看对象的尊卑、亲疏决定。每包至多不会超过银元四角。每家放一个，是一种象征性的礼物，惠而不费，倒也颇有意思。我去拜年时，他们给我的是瓯柑、炒米花、花生糖等，也是一大篮满载而归，可以和小朋友痛快地吃。

我家长桌上总是排着好多红纸包，肫肝叔叔时常从纸包缝中伸进两个手指头，夹出糖果吃了，吃得空空的，塞进一些小石子，被母亲发觉了，只是训斥他一顿，也不告诉父亲。

迎神提灯

五天年满了，只隔一天，又掀起第二个高潮，那就是初七初八两天的迎神和庙戏。我们乡里有两座具有传奇性的神殿，称为上殿和下殿。相传唐朝的忠臣颜真卿和他的弟弟，均被奸臣所害，天帝封他们分别在我乡的两个村庄“上河乡”“下河乡”为神，因称上下殿。两人都曾讨安史之乱，颜真卿是讨贼有功，后来被叛臣李希烈所杀害。颜杲卿是讨贼不屈而死。但他们都未曾当过永嘉太守，不知何以会被天帝封在永嘉县的小小瞿溪乡为神。想来可能是安史乱兵曾骚扰过永嘉县，我们的祖先为了感激这两位忠臣，和对他们的敬仰，筑殿祭祀崇拜。并且还传说两兄弟曾礼让一番，哥哥愿居下殿，把人口较多、市面较繁荣的上殿让给弟弟，弟弟执意不肯，依年龄尊卑应居下殿。最后哥哥决定每年新年，哥哥先去拜弟弟的年，因此乡民有一句“瞿溪没情理，阿哥拜阿弟”的话。每年正月农历初七，在夜戏开锣以前，先将上殿神恭恭敬敬地抬到下殿，给弟弟拜年，看完二出戏，才接回来。初八夜是下殿神来上殿回拜哥哥，也是看完三出戏接回去。乡民们以十二万分虔诚崇敬的态度，举办这件大典。

上下河乡的乡长，在头年腊月就开始忙碌筹备，向地方上募款，办祭奠，添购殿宇中的装饰。二位神像的冠带蟒袍，每三五年必须换制全新的，神龛也刷得金碧辉煌。迎神时的鼓手乐队都是镇民自愿参加，提灯、举火把风烛的（即丰足之意），有的是雇来的乞丐，有的是乡民子弟的志愿军，或因求神祇保佑健康，许下心愿，此时来祭拜还愿提灯。如果一年来风调雨顺，五谷丰收，为表示感激和快乐，就加上马队。马匹由城里租来，黑、白、棕各色均有，上面坐着画了脸谱的少年（亦是志愿军或雇来的），看去像戏台上的强盗，故亦称马盗。马盗的衣着愈新，马匹愈壮，队数愈多，表示这一乡愈富裕。神殿正中，摆上三牲福礼等整猪整鸡鸭、面和糖糕，香烛灯火辉煌，映照得白发的主祭乡长，红光满面，喜溢眉宇。

神像的銮驾自殿门抬出，前面是两位扮得高及一丈的开路神，摇摇摆摆地开路，接着是旌旗，乐队，管弦丝竹，奏着严肃的调子，然后是风烛火把，锣鼓马盗和香案。这才是端坐着神像的銮驾，銮驾后再是风烛火把和锣鼓。偌长的迎神队伍，从热闹的街心穿过。街上好多路祭，是生意兴隆的商家所摆，鞭炮之声，不绝于耳，他们一则表示感谢，二则也是炫耀财富之意。从长街转到山路和田野，原来一片静谧的田野，顿时开出了火树银花，天空也照耀得一片通红。不管是晴朗或风雪漫天，他们的情绪都是一样兴奋。风烛火把都烧得旺旺的，绝不会被熄灭，两旁放鞭炮的，往往把鞭炮挑近神座边去放，或是把燃着的小炮扔到神像的膝盖上，据说神佛显出神通，蟒袍不至着火。如此浩浩荡荡地迎到下殿拜年，第二晚下殿神也同样浩浩荡荡地迎来上殿。

　　这般的盛况，无论大人小孩，都争先恐后地去享受这份热闹。我们女孩只能在迎神队后面追随一小段路，就回到殿里看戏。殿宇的两厢回廊，早已排满了长凳，都是各家抢好的包厢，用草绳扎在槛杆或大柱上。外公赶第一出戏就坐在那儿看了。我倚在他身边，看四四方方的戏台上，演的都是连台好戏，虽不懂却好看，因新春开锣戏订的是最好戏班，行头崭新，演员也是最有功夫的，评剧、昆曲、弹词各种班子不一定。因包银高，故演来非常卖力。记得有一次演的是封神榜，小小的舞台上，挤满了和尚道士和假扮的青牛大象，好不热闹。我问外公哪边是好人，哪边是坏人。哪边会把哪边杀掉，外公总是说，有时好人也会被坏人杀掉，但是好人死了一定当神仙，就跟我们的上下殿神一样。台上看够了，就看台下，天井里黑压压的全是年轻小伙子，不时大声喝彩。有的年轻人却不时回头向两边包厢里的打扮得花枝招展的姑娘瞄过来。

姑娘们一个个费尽心思，争奇斗艳，别说是他们，连七八岁的我都看呆了，她们梳得油光乌亮的辫子都扎上五彩丝线，讲究的还夹入闪亮的金丝，各色绣花或织锦的缎袄，缀穗子的华丝葛曳地长裙，更稀奇的是，她们短袄琵琶襟的扣子，竟是五彩小电珠子，电池放在口袋里，以手控制闪光，和神像金魁上的电珠相辉映，看得我实在羡慕。刚结婚的少妇们都是满头珠翠，擦得浓浓的脂粉，手上金镯手表，戒指有多到八个的，总之所有的财富，全穿戴在身上了。还有已订婚的十五六少女，被挤在人丛中的儿郎（未婚夫）盯得低下头，既羞涩，又兴奋，胆子大的也会偷偷回望他几眼，一颗心已经不在戏文上了。

三出戏完，下殿神要回去，上殿神起身相送，銮驾一前一后，抬到殿门口，相对一鞠躬而别。作得惟妙惟肖，把两尊泥塑木雕的菩萨，完全人格化了。不由得使人对古圣先贤，肃然起无限敬仰之意。典礼完毕之后，祭物一部分由设祭者自己取回，一部分由乡长分配，散发给贫苦的村民享受，这一切都处理得井井有条，公平合理，也显得上下河乡两村村民的至诚团结，和睦互助的精神。乡间民风的淳厚，也于此可见了。

在我记忆中，留下最深刻印象的，还是典礼结束，戏文散后，牵着外公的手，由阿荣伯打着灯笼，一路回家的情景。两位老人，都已白发皤然，红灯笼柔和的光，映照着他们的白胡须，也映照着皑皑的白雪。他们的钉鞋，踩着雪地沙沙有声。细碎的雪子，撒落在伞背上，也是沙沙有声。在寒冷的深夜，一番热闹之后，听来格外清澈。我当时只十岁左右，心头似已有一丝酒阑人散的凄凉之感。主要的是快乐的新年已到尾声，我又要被关进书房念“诗云子曰”，疼我的外公不久也要回山上当医生去。一切的欢乐都有过去的时候，今年我已长了一岁，明年我还要再长一岁，马上就要变成大人了。母亲说我已经慢慢长大，不能再跟邻居的孩子们一起玩了。

我一声不响地走着，外公忽然问我：“小春，你怎么走路都睡着了?”我说：“好冷啊!”外公笑笑说：“把脖子伸出来，腰杆挺直，就不冷了。”我说：“不知怎的，我觉得好冷清。”阿荣伯说：“正月正头的，怎么说冷清，有你外公和我陪你，还说冷清。”我总是说不清楚心里那股冷清的滋味。过了半晌，外公说：“小春，再过一两年，你就要上外面读书，外公和阿荣伯陪你一起过年的时光，真的不多了。”好半天，我听见阿荣伯叹了口气。

如今回想起来，小孩子无心的一句话，却不知引起两位老年人多少感触。

“一声炮竹连烽火，万里归心动暮笳。”这是先父在抗战第二年所作的除夕诗。在台湾，已度过多少个农历新年，从大陆来的，大家都有无限的思乡之情!

细雨灯花落

在上海念大学时，中文系每月至少有两次雅集，饮酒时常常行“飞花令”，就是行酒令的人饮一口酒，先念一句诗或词，不论自己作的，或古现成句，必包含一个花字，挨个儿向右点，点到谁是“花”字，谁就得饮酒，再由他接下去吟一句，再向下点。非常紧凑、有趣。上的每道菜，我们也时常以诗词来比配象征，例如明明是香酥鸭，看那干黑黑的样子，却说它是“枯藤老树昏鸭”。端上一大碗比较清淡的汤，就念道：“吹皱一池春水，干卿底事。”遇到颜色漂亮的菜，那就句子更多了：“碧云天，黄叶地”啦，“故作小桃红杏色”啦，“桃花柳絮满江城”啦。

有一位男同学脑筋快，诗词又背得多，他所比的都格外巧妙。记得有一道夹烧饼的黄花菜炒蛋，下面垫的是粉丝，他立刻说：“花底离愁三月雨。”把缕缕粉丝比作细雨，非常巧妙。他胃口很好，有一次把一只肥肥的红闷鸭拖到自己面前说："我是'斗鸭阑干独倚'。"引得全体同学拊掌大笑。他跟一位女同学倾心相恋，在行酒令时，女同学念了一句"细雨灯花落"，那个"花"字刚好点到了他。原来，这句正是他所作的《水调歌头》的最后两句：细雨灯花落，泪眼若为容。这位男同学性格一向豪放，不知为什么，忽然"泪眼若为容"来。他们二人相视而笑，我们也深深体会到，爱情总是带着泪花的。

记得有一次几个人在咖啡店里小聚，几上一盘什锦水果，中间有几颗樱桃。这位女同学就念道："留将颜色慰多情。分明千点泪，贮作玉壶冰。"眼望着她的心上人嫣然一笑。这首《临江仙》的作者正是多情的纳兰成德，最后几句是"感卿珍重报流莺，惜花须自爱，休只为花疼"。真觉得古典诗词含蓄之美，两人惺惺相惜，只需彼此唱和，而浓情蜜意，尽在不言中了。

遗憾的是这一对有情人并未成眷属，战乱终于使他们各奔东西，"惜花须自爱，休只为花疼"，终成语谶。

古人有"剪烛夜谈"的情趣，现在都是电灯、日光灯，即使有蜡烛，也没有那种开出烛花的灯草烛芯，即使有那种灯草烛芯，也没有那份剪烛夜谈的闲情逸致了。因此，一想起灯花，一想起“细雨灯花落”，连我也不禁要“泪眼若为容”了。

迟来的青春

有一次，我参加一个团体旅行，其中有一位看起来比我们稍为年长的老先生，说起话来，声音洪亮，走起路来健步如飞，整天神采奕奕，丝毫没有疲倦的样子。当他告诉我们他已七十五高龄时，真令我们难以置信。我请教他有什么秘诀，他笑笑说："很简单，忘掉自己的年龄。当我大清早起床时，也许还有点像七十岁的人，一出外散步就只有六十岁，一到课堂就只有五十岁，一和青年人谈天说地，就只有四十岁，甚至忘掉年岁了。人就是这么奇妙，心情不老就永不会老，一感到自己老就马上老了。"

这一席话也没什么深奥，可是要保持年轻的心境并不容易。人往往为了一些鸡毛蒜皮小事情耿耿于怀，这是最会催人老的。我在朋友家看到一副韩国人送他的对联："一怒一老，一笑一少。"话虽简单，却是至理。据医生说："发一次怒比发一次高烧更伤害身体。"多么令人吃惊！可是生于匆遽的现代，人的密度愈紧，彼此摩擦的可能性愈多，相视而笑的时候愈少。如果不能保持心境的平衡，真的很快就老了，任是服什么“欲不老”的补药也没有用。医生又说：“快乐微笑的时候，只牵动面部筋肉十三条；发怒或皱眉时，要牵动面部筋肉六十五条。”可惜我看到许多医生本身，面带微笑的也并不多。可见说来容易，实行很难。像我前面所提的这位老先生，真可说是“一笑一少”的忘年之人，所以他会如此健康、快乐。

我家对面邻居是一对中年以上的夫妇，每天早上天没亮就双双出外跑步，在公园中打太极拳，七点多以后才散着步有说有笑地回来。他们总是对人笑嘻嘻的，待人非常真诚热心，我从来没有听到这位太太与人说长论短，或与摊贩争斤论两，事事乐于助人。见到他们，就会给你带来一份宽和、一份喜悦。多少年来，我看她一直没有老。因此我想保持年轻，不但要忘年，还要忘我。时时关心旁人，就会忘去自己的忧患。尼采说：“许多人的心灵先老，许多人的精神先老，有些人年轻时就老了，但是迟来的青春，是持久的青春。”此话值得深思。所谓迟来的青春，就是中国人所谓的“返老还童”，保持一片赤子之心。

日前我在公园做晨操，看到两位老人，一男一女，女的扶着步履艰难的老先生慢慢走进来，沿着一圈洋灰路散步，走得非常慢，走了两圈，再帮助老先生在长椅上坐下来，然后自己开始做柔软体操。活动一下筋骨以后，才又扶着老先生起身说："爸爸，我们回家吧！"我才知道他们是父女。这位老年的女儿，看去也总在六十以上，两鬓白发皤然，老先生更不必说，这情景使我非常感动。

到了垂暮之年，父女仍能相守相依，女儿如此孝顺父亲，这种现象，在西方人似乎不能想象。像这两代的老人，在美国可能都分别进入养老院，对着天天见面都是陌生依旧的面孔，喃喃地各说各话，一旦溘然长逝，就被悄悄地送进殡仪馆、公墓。而在重孝道的中国人，儿女们是不会把老年父母送进养老院的。可是当我望着两位老人背影渐行渐远时，不由又想起他们的儿孙是否都在海外呢？或是虽在台湾，而忙于事业，忙于赚钱呢？当两代的老人，相扶着出外散步时，也许做儿孙的正高卧未起，或是早已急匆匆地赶上班了呢？想到这里，不禁黯然。岁月本来是不饶人的，老年本身并不可悲，可悲的是老来的孤单。当孤单来袭击你时，如何排除呢？

我旅美时在一个小机场候机，旁边坐着一位伛偻的老妇人，我好奇地问她一个人出外旅行吗？她说是的，每年她都要出外一次，过去都是比她小四岁的妹妹和她作伴，去年她妹妹死了，如今只剩下她一个人，可是她仍要旅行。我看她神情很平静，尽管脸上的皱纹里，刻有许多忧患（妹妹的死一定使她伤心），表情却是木木然的，想她已安于孤单的生活了。在美国老年的孤独是当然的。在水牛城我遇见另一位八十四岁的老妇人，却是精力充沛。她一个人照顾满园花木，每隔几天采集许多鲜花，自己开车送给附近医院里的病人。他的弟弟也六十多岁了，他告诉我她是大他二十岁的老姐姐，当年是红歌星。我看见她二十岁演蝴蝶夫人的照片，请她站在照片前拍了一张照，六十年的岁月，被浓缩在这张照片里，人生就是这么奇妙。她把用脱水花叶排成图案的一个镜框送给我，情意十分深厚。这个镜框我一直摆在案头，那张有意义的照片，贴在相片簿里，它们使我沉思默想，使我领悟青春与老年的差别处、相同点。我不知道这位八十四岁高龄的可敬老人是否依旧健在。

在公务员公保处的候诊室长沙发上，每天一定有许多已退休的老年人，在等待和医生诉病，诉老年。医生却是面不改色地，快速地给他们开了方子，然后他们又颤巍巍地走到领药处，坐下来打着瞌睡等药。这一群老年人，彼此常常见面，可能有一天，忽然其中的一位没有再来了，永不再来了，大家提到他，彼此唏嘘地感慨一番，不久也就淡忘了。因为不定什么时候，另一位又将悄悄地隐去，谁知道呢？因此我想到“退休”二字，实在给人精神上一个“老”的暗示、“老”的威胁。公务员服务年资到了，当然不能不退休，可是形骸可以退休，精神决不可退休。像水牛城的那位老妇人，她一个人莳花种菜，一个人开车送花给病人，她并不把自己送到医院去跟病人谈病，向医师讨药。相反的，她还照顾别人、安慰别人，这真是做到“忘年”“忘我”的最高境界了。我想起两句诗，颇足以描绘这位老妇人的心境：“湖号莫愁归去后，拈来细草亦忘忧。”

这就是迟来的青春，也是持久的青春吧！如今常说“青少年”“中老年”，两者成了强烈的对比，让我们以拈花微笑的心情，使“中老年”回复到“青少年”吧！

最是情深似酒

永是有情人

去邮箱取信时，遇到邻居老太太，她亲切地拉着我的手，我们聊了好半天。深秋的寒风吹拂着她的白发，她拉了下围巾，神情黯淡地说：“以前都是我那老伴儿出来拿邮件，他就趁此站在外面抽一支烟，抽完了才回来。因为我不让他在屋子里抽烟。现在想想真后悔，他就这一点点嗜好，我为什么不让他舒舒服服坐在家里抽烟呢？”

她想起逝世将近两年的老伴，眼里汪着泪水。“头白鸳鸯失伴飞”，她心中的哀痛可想而知。虽然她的女儿在周末都会回来探望母亲，但是夫妻情究竟是无可替代的。

夫妻的相依相守，在年少时是情深似海，到了老年则是义重如山。由海的波涛壮阔到山的稳重不移，是要经历一生的体认的。

最记得当年母亲说过的一个比喻。她说：“夫妻的亲密，就像牙齿和舌头。舌头常常被牙齿咬出血来，过了一会儿自然好了。”我听了却生气地说：“爸爸远在外地，离你十万八千里，连信都少写回来。有什么牙齿把舌头咬出血来的事呢?”母亲淡然一笑说：“离远点也好，眼不见，心不烦，有你就好了。”母亲内心在婚姻上所受的痛苦，岂是我这少不更事的女儿所能体认的？想想母亲一生都在忍与等，忍受丈夫对她的冷落，却又等待他的归来。痛心的是，父母亲一生都没交谈过什么话。可是父亲临终时，紧握不放的却是母亲的手。那最后的一握啊，包含了多少忏悔，多少情意？

那是旧时代的婚姻悲剧，令人不可思议。如今，有的少男少女，由两心相悦而同居、试婚、结婚，而至离婚，由相敬如“宾”到如“冰”，似都不足为奇。是多变的社会形态、淡漠的人情，使人们不再重视婚姻与夫妻情呢，还是“山盟海誓”只是文人笔下的歌颂之词呢？

南宋词人叹息：“相思本是无凭语，莫向花笺费泪行。”而今天双方在一通电话里，就可绵绵情话，哪里还用得着“花笺”？一朝不合而分手，也就不会费什么“泪行”了。

但无论如何，男女双方由相爱而结为夫妇，应当是最真挚而且圣洁的。记得一位长者说过幸福婚姻 ABC 的名言：“夫妻要彼此欣赏，连缺点也能欣赏（appreciation），要彼此相依相属（belonging），要彼此信赖（confidence）。在欣赏、信赖、相属中，才能享受无穷幸福。”说得真对。

词人说：“换我心，为你心，始知相忆深。”这个“换”字，不就是推心置腹，相互欣赏、信赖之意吗？

说实在的，有情人成眷属不难，成了眷属要永是有情人，才是夫妻间一生一世都得体味的深意啊！

母爱无边

每次去一位朋友家，她八十余岁高龄的老母亲总是用眼睛定定地望着我，伸手和我相握，用浓重的乡音说：“你坐，你坐。”吃饭时，就殷殷招呼我：“你吃，你吃。”

朋友告诉我，她母亲的眼睛，只能看到模模糊糊的一点，耳朵也只能听到隐隐约约的声音。但是看她对客人的招呼，好像耳聪目明得很，因为她非常喜欢女儿的朋友来。

我们在楼下起居室欣赏平剧录影带，朋友生怕我膝头冷，就拿了一块五彩缤纷的毛线大毯子，给我盖上。对我说：“这是我妈妈年轻时亲手一针针钩的手工。她已经八十四了，毯子的颜色还是如此鲜艳。这条毯子，我一直从小盖到老。如今自己都当祖母了，每回盖着毯子看电视看书，就感到温暖无比。”

她又告诉我，老人家偌大年纪，虽然耳不聪、目不明，但每天下午，家里人是否都已下班回来，她都清清楚楚。有一天大风雪，交通阻塞，孙儿迟迟未到家，她就一次次摸到门口焦急地等待。那一份倚闾之情，实在令人感动。

我们在地下室看电视，她竟多次摸下楼梯来，问我们要不要喝茶，肚子饿不饿。她女儿焦急地喊：“妈妈，你怎么又下来啦，快回屋去睡嘛。”就起身扶她上楼去，她嘴里却一直在喃喃嘱咐着。

儿女们在母亲心中，真是永远长不大的孩子吗？她的关怀，她的担忧，是永无止境的吗？

我的另一位朋友，嫁给一位波兰籍的美国人。有一次陪了她婆婆来我家，我招待她们吃了一顿比较别致的中国菜，她婆婆回去后念念不忘，来信谢了又谢。并送我一个波兰玩具娃娃。她信中说：“波兰亡国后，我只回去过一次。看着满眼的凄冷苍凉，心里很难过。只在街角地摊上买了这个女娃娃，珍藏了整整十年了，现在把它送给你。真高兴认识你，也真高兴媳妇有你这位朋友。”

一片诚恳，流露于字里行间。最后她写道：“儿子媳妇远去印尼以后，我心里很难过。我年纪大了，总希望他们不要远离，但为了儿子的前途，我总是表现得高高兴兴、健健康康的样子，以免他们不放心。其实我最近为整理园子花木，重重地摔了一跤，腰背受伤好痛。但请你千万不要告诉他们。以免他们记挂，我会照顾自己的。我只是在想，如果他们不远行，我就不用做这份沉重工作了。”

读到此，我不禁泫然泪下。但我在给她媳妇的信中，仍不敢提老人家跌跤受伤的事，只希望他们尽可能早点回来，以免老母盼望。

又有一位朋友，她的爱子在北卡罗来纳工作，事忙，假期不能回来，做母亲的却极盼见到儿子，她从来没开过从德拉瓦到北卡那么远的高速公路。她丈夫并不开车，却鼓励她去，坐在她身边替她看地图、辨方向，他们顺利地开去又开回。在电话里她对我说：“只是因为我一心想快快看到儿子，竟使我有勇气与体力开那样远的长途，而且是第一次。连我自己都不相信啊。”

三个故事告诉我们，这就是母爱，无边的母爱！

母亲的菩提树

我故乡老屋后院有一棵姿态很美、不大不小的树，不是扶桑，不是木碧，也不是名称好听的“翠玉藜”，只是那么一棵无名的树。长工阿荣伯在太阳下工作，热了就脱下棉袄往树枝桠上一扔。小帮工阿喜从田里捉来的田螺，篮子滴着水，湿漉漉的，也往树枝上一挂。母亲拉了把竹椅坐在树下做活儿。她说树叶的清香，熏得她眼皮直搭下来想打盹。她说：“不知怎么的，坐在树下心里就好舒坦。”

老师因此说，那是母亲的菩提树，在下面坐着会安心，会悟出大道理来。

有一天，发现树根长出一条藤，慢慢沿着树干向上爬。阿喜要把它剪掉，老师连忙阻止他说：“任何草木都是有生命有知觉的，不要去伤害它。”阿喜就不剪了。母亲俯身下去看，抚摸着小藤萝，好像它是树的小儿女。

好几回，我看见母亲一个人坐在树下，呆呆地好像在想心事。我也不去惊吵她，她大概在对树说话，或是许什么愿心吧？母亲常常对树许愿心的。

圣诞节，教堂里牧师给母亲送来一棵小小圣诞树。母亲把它摆在那棵树旁边，她说："圣诞树也是菩提树，看了叫人忘掉忧愁。"

母亲逝世已经四十五年，故乡老屋的那棵树还在吗？

无论如何，它是永远长在我心中的。

母亲的金手表

那只圆圆的金手表，以今天的眼光看起来是非常笨拙的，可是那个时候，它是我们全村庄最漂亮的手表。左邻右舍、亲戚朋友到我家来，听说父亲给母亲带回一只金手表，都会要看一下开开眼界。母亲就会把一双油腻的手，用稻草灰泡出来的碱水洗得干干净净，才上楼去枕头下郑重其事地捧出那只长长的丝绒盒子，轻轻地放在桌面上，打开来给大家看。然后眯起（近视眼）来看半天，笑嘻嘻地说："也不晓得现在是几点钟了。"我就说："你不上发条，早就停了。"母亲说："停了就停了，我哪有时间看手表。看看太阳晒到哪里，听听鸡叫就晓得时辰了。"我真想说："妈妈不戴就给我戴。"

但我也不敢说，知道母亲绝对舍不得的。只有趁母亲在厨房里忙碌的时候，才偷偷地去取出来戴一下，在镜子里左照右照一阵又脱下来，小心放好。我也并不管它的长短针指在哪一时哪一刻。跟母亲一样，金手表对我们来说，不是报时，而是全家紧紧扣在一起的一种保证，一份象征。我虽幼小，却完全懂得母亲宝爱金手表的心意。

后来我长大了，要去上海读书。临行前夕，母亲泪眼婆娑地要把这只金手表给我戴上，说读书赶上课要有一只好的手表。我坚持不肯戴，我说："上海有的是既漂亮又便宜的手表，我可以省吃俭用买一只。这只手表是父亲留给您的最宝贵的纪念品啊。"因为那时父亲已经去世一年了。

我也是流着眼泪婉谢母亲这份好意的。到上海后不久，就在同学介绍熟悉的表店，买了一只价廉物美的不锈钢手表。每回深夜伏在小桌上写信给母亲时，就会看看手表写下时刻。我写道："妈妈，现在是深夜一时，您睡得好吗？枕头底下的金手表，您要时常上发条，不然的话，停止摆动太久，它会生锈的哟。"母亲的来信总是叔叔代写，从不提手表的事。我知道她只是把它默默地藏在心中，不愿意对任何人说的。

大学四年中，我也知道母亲身体不太好。她竟然得了不治之症，我一点都不知道，她深怕我读书分心，叫叔叔瞒着我。我大学毕业留校工作，第一个月薪水就买了一只手表，要送给母亲，也是金色的。不过比父亲送的那只江西老表要新式多了。

那时正值抗日，海上封锁，水路不通，我于天寒地冻的严冬，千辛万苦从旱路赶了半个多月才回到家中，只为拜见母亲，把礼物献上。没想到她老人家早已在两个月前，默默地逝世了。

这份锥心的忏悔，实在是百身莫赎。孔子说："父母在，不远游。"我是不该在兵荒马乱中，离开衰病的母亲远去上海念书的。她挂念我，却不愿我知道她的病情。慈母之爱，昊天罔极。几十年来，我只能努力好好做人，但又何能报答亲恩于万一呢？

我含泪整理母亲遗物，发现那只她最宝爱的金手表，无恙地躺在丝绒盒中，放在床边抽屉里。指针停在一个时刻上，但绝不是母亲逝世的时间。因为她平时就不记得给手表上发条，何况在沉重的病中。

没有了母亲以后的那一段日子，我恍恍惚惚地，只让宝贵光阴悠悠逝去。在每天二十四小时中，竟不曾好好把握一分一刻。有一天，我忽然省悟，徒悲无益，这决不是母亲隐瞒自己病情，让我专心完成学业的深意，我必须振作起来，稳定步子向前走。

于是我抹去眼泪，取出金手表，上紧发条，拨准指针，把它放在耳边，仔细听它柔和有韵律的滴答之音。仿佛慈母在对我频频叮咛，心也渐渐平静下来。

母心·佛心

我接受了整整十年的基督教学校教育，却一直信奉佛教，是因为先父母与先师都是虔诚的佛教徒，家庭气氛与平时的耳濡目染，使我深深感到佛的圆通广大、佛的慈悲包容。无论智愚贤不肖，只要信佛，都能培养起一颗温柔的菩提心。睁开慧眼，在浊世中见净土。维摩诘经说："心净国土净，心浮国土浮。"可见心外无净土，心外无佛。

这一点浅近的体认，完全是由于母亲的身教。

母亲没有读过诗书。她平生只会背诵四种经，就是《心经》《往生咒》《大悲咒》《白衣咒》。因此我也只会背这四种经。母亲每见牲畜有病痛或自己不慎误杀昆虫时，就合掌念《往生咒》，希望超度它们脱离苦难。遇亲友有病痛时，就念《大悲咒》《白衣咒》。她说广大灵感的观世音菩萨无所不在，它会解救一切众生的苦难。遇到她自己身体不适或心烦意乱时，就念《心经》。念到"色不异空，空不异色，色即是空，空即是色”时，她就显出一脸的安详平静，然后笑嘻嘻地开始一天的忙碌工作。

直到如今，我每于念经时，心头同时浮现的是观音的法相和母亲的慈容，也感到烦忧顿消，怨怒自息。我并不明白“色不异空，空不异色”的深奥佛理，但觉母亲一颗无争、无怨、无忧的心，就是佛心啊！

秋花远比春花净

我出生于简朴的农村，母亲是一位勤劳节俭的妇女。稍长后到杭州受完中学教育，抗战中在上海完成大学教育。他乡游子，无一日不思念家乡，思念慈母。卒业后千辛万苦冒险赶回故乡，慈母竟已逝世半年了。我于万分悲恸中默默回忆自幼偎依在慈母身边的情景，历历如在目前。

我最记得桂花是母亲最爱的花。她说任何娇艳的春花，都不及桂花的淡雅高洁。桂花于开过后还可以晒干，一钵钵收起来，和在茶叶中，喝起茶来清香扑鼻。母亲边说边折一枝桂花供佛，满脸浮现着欣慰的微笑。

桂花是农历八月盛开的。开放的时间相当长。母亲在清淡的桂花香中，忙家务也特别的心神怡悦。她也最爱中秋前后皎洁的月色，她说："月光明亮啊！连绣花针掉在地上都亮闪闪的，看得清清楚楚哪。"她认不得多少字，却牢牢记得父亲作的两句得意的诗："秋花远比春花净，春月何如秋月明。"

台湾很少有桂花，有一次我走过一条幽静巷子，忽然闻到一阵淡淡的桂花香，似从人家围墙里飘来，我驻足良久，却又看不到桂花树从哪家围墙上面伸出来，怅然若失地回到家中，就提笔写下了《故乡的桂花雨》一文，以寄我无限思亲怀旧之情。

留予他年说梦痕

十岁时，家庭教师教我背千家诗，背得我直打哈欠。他屡次问我长大了要当个什么，我总心不在焉的回答说：“当诗人。”他又生气地说：“岂止是诗人，还要会写古文，写字，像碑帖那样好的字，这叫作文学家。”

“文学家”这个名字使我畏惧，那要吃多少苦？太难了，我宁可做厨子，做裁缝师傅。烧菜和缝衣比背古文、背诗有趣多了。

父亲从北平回来，拿起我的作文簿，边看边摇头，显然地他不满意我的“文章”。我在一旁垂手而立，呼吸迫促而低微，手心冒着汗。老师坐在对面，定着眼神咧着嘴，脸上的笑纹都像是用毛笔勾出来似的，一动也不会动。大拇指使劲拨着十八罗汉的小圈念佛珠，啪嗒啪嗒地响。我心里忽浮起一阵获得报复的快感，暗地里想：

“你平日管教我那么凶。今天你在爸爸面前，怎么一双眼睛瞪得像死鱼。”父亲沉着声音问他：“她写给我的信，都是你替她改过的吗?”他点点头说:“略微改几个字,她写信比作文好,写给她哥哥的信更好。”提起哥哥,父亲把眉头一皱,我顿时想起那篇为哥哥写的祭文,满纸的“呜呼吾兄”,“悲乎”,“痛哉”;老师在后面批了“峡猿蜀宇,凄断人肠”八个字。我自己也认为写得不错,因为我每次用读祭文的音调读起来时,鼻子就酸酸的想哭。老师不让我把祭文给爸爸看,怕引起他伤感,如今他又偏偏提哥哥。父亲严肃地对我说:“你要用功读书,爸爸只你一个孩子了。”他的眼里滚动着泪水,我也忍不住抽噎起来,他又摸摸我的头对老师说:“你还是先教她做记事抒情的文章吧,议论文慢点作。”

父亲的话是有道理的,此后凡是我喜欢的题目,作起来就特别流畅。“文学家”三个字又时常在我心中跳动。像曹大家、庄姜、李清照那样的女文学家,多体面、多令人仰慕。可是无论如何,背书与学字总是苦事儿,我宁愿偷看小说。

我家书橱里的旧小说虽多,但橱门是锁着的,隔着一层玻璃,可望而不可即。跟我一同读书的小叔叔,诡计多端地弄来一把钥匙,打开橱门,我就取之不尽地偷看起来。读了《玉梨魂》与《断鸿零雁记》，还躺在被窝里，边想边流泪。在上海念大学的堂叔，又寄来几本《瓯江青年》与旧的《东方杂志》，对我说这里面的文章才是新式白话文，才有新思想，叫我别死啃古文，别用文言作文，文言文写不出心里想说的话。我有点半信半疑，读《瓯江青年》倒是越读越有味，《东方杂志》却是好多看不懂。堂叔的信和杂志，不小心被老师发现了，他大为震怒地说："你，走路都还不会就想飞。"信被撕得粉碎，丢进了字纸篓。我在心里发誓："我就偏偏要写白话文，我要求爸爸送我去女学堂，我不要跟你念古文。"

老师没有十分接受父亲的劝告，他仍时常要我写议论文，"楚项羽论""衣食住三者并重说""说钓"，我咬着笔管，搜索枯肠，总是以"人生在世""岂不悲哉"交了卷。我暗地里却写了好几篇白话文，寄给堂叔看。他给我圈，给我改，赞我文情并茂。有一次，我写了一篇《白绣球》，内容是哭哥哥的。这株绣球树是哥哥与我未分离前，一同看阿荣伯种的。绣球长大了，每年开花，哥哥却远在北平不能回来。今年绣球开得特别茂盛，哥哥却去世了，白绣球花仿佛是有意给哥哥穿素的。我写了许多回忆，许多想哥哥的话，愈写愈悲伤，泪水都一滴滴地落在纸张上，母亲看我边写边哭，还当我累了，叫我休息一下。我藏起文章不给她看到，只寄给堂叔看。他来信说我写得太感动人，他都流泪了。叫我把这篇文章给父亲看，我却仍不敢。一则怕父亲伤心，二则怕他看了白话文会生气。这篇“杰作”，就一直被保存在书箧里，带到杭州。

十二岁到了杭州，老师要出家修道，向父亲提出辞馆。我心里茫茫然的，有点恋恋不舍他的走，又有点庆幸自己以后可以“放生”了。我家住所的斜对面正是一所有名的“女学堂”。我在阳台上眼望着短衣黑裙的“学堂生”，在翠绿的草坪上拍手戏逐，好不羡慕。正巧父亲一位好友孙老伯自北平来我家，他是燕京大学的某系主任，我想他是洋学堂教授，一定喜欢白话文，就把那篇《白绣球》的杰作拿给他看，并要求他劝父亲许我去上女学堂。他看了连连点头，把我的心愿告诉了父亲。父亲摇摇头说：“不行，我要她跟马一浮老先生做弟子。”孙老伯说：“马一浮是研究佛学的，你要女儿当尼姑吗?”我在边上忽然哇的一声哭起来，父亲沉着脸，无动于衷的样子。我眼泪汪汪地望着孙老伯，仿佛前途的命运就系在他的一句话上了。

第二天，父亲在饭桌上忽然对老师说："你未出家以前，给小春补习一下算术与党义，让她试试看考中学。"我一听，兴奋得饭都咽不下。"爸爸，您真好。"我心里喊着。

两个月的填鸭，我居然考取了斜对面那个女学堂，从此我也是短衣黑裙的女学生。老师走后，我再不用关在家里啃古书了。

在学校里，为了表现自己的学问，白话文里故意夹些文言字眼，都被老师划去了。我气不过，就正式写了篇洋洋洒洒的"古文"，老师反又大加圈点，批上"凤毛麟角，弥足珍贵"八个大字，我得意得飘飘然，被目为班上的"国文大将"。壁报上时常出现我的"大作"，我想当"文学家"的欲望，又油然而生。可是寄到《浙江青年》的稿子总被退回来，我又灰心了。

进了高中以后，老师鼓励我把一篇小狗的故事再寄去投稿，"包你会登"，他跷起大拇指说。果然，那篇文章登出来了，还寄了两元四角的稿费。闪亮的银元呀，我居然拿稿费了，我把四角钱买了一支红芯"自来铅笔"送老师，两块银元放在口袋里叮叮当当地响，神气得要命。

我又写了一篇回忆童年时家乡涨大水的情景，寄去投稿，又被登出来了，稿费是三块，涨价啦。那篇文章我至今仍记得一些，我写的是："河里涨大水，稻田都被淹没了，漆黑的夜里，妈妈带着我坐乌篷船在水上漂，不知要漂到哪里。船底滑过稻子尖，发出沙沙的声音，妈妈嘴里直念着阿弥陀佛，我却疲倦得想睡觉。朦胧中，忽然想起哥哥寄给我的大英牌香烟画片不知是不是还在身边，赶紧伸手在袋里一摸，都在呢，拿出来闭着眼睛数一遍，一张不少，又放回贴身小口袋里，才安心睡着了。"老师说我句句能从印象上着笔，且描绘出儿时心态，所以好。由于他的鼓励与指点，我阅读与学习写作的兴趣更浓厚了。可是在中学六年，我的"国学"完全丢开了，这是使父亲非常失望的一点。高中毕业，他又旧事重提：要我拜马一浮先生为师。我又急得哭了。

我的志愿是考北平燕京大学外文系，洋就索性洋到底。可是父亲的答复是"绝对不许"。他一则不放心我远离，二则不许我丢开"国粹"学"蟹行文字"。我偷偷写信给燕京的孙老伯，第二次为我做说客，好容易说动了父亲，折衷办法是念杭州之江，必定要念中国文学系。因为国文系有一位夏承焘先生，是父亲赏识的国学大师，他是浙东大词人之一，父亲这才放心了。

之江也是教会学校，一样的洋里洋气，寥寥可数的几个国文系学生，男生一定穿长褂子，女生一定是直头发。在秀丽的秦望山麓，雄伟的钱塘江畔，独来独往，被目为非怪物即老古董。夏老师呢，一个平顶头，一袭长衫，一口浓重的永嘉乡音，带着一群得意门生，在六和塔下的小竹屋里吃完了“片儿汤”，又一路步行到九溪十八涧。沏一壶龙井清茶，两碟子花生米与豆腐干，他就吟起词来：“短策暂辞奔竞场，同来此地乞清凉。若能杯水如名淡，应信村茶比酒香。无一语，答秋光，愁边征雁忽成行。中年只有看山感，西北栏干半夕阳。”

他飘逸的风范和淡泊崇高的性格，可从这首词里看得出来。他对学生不仅以言教，以身教，更以日常生活教。随他散一次步，游一次名胜，访一次朋友，都可于默默中获得作文与做人方面无穷的启迪。他看去很随和，有时却很固执。一首词要你改上十几遍，一字不妥，定要你自己去寻求。他说做学问写文章都一样，“先难而后获”。别人改的不是你自己的灵感，你必须寻找那唯一贴切的字眼。

他说灵感像猫，“觅时偏不得，不寻还自来”，是强求不得的。有一天傍晚，我随他在林中散步，他吟了两句诗：“松林细语风吹去，明日寻来尽是诗。”他说：“松林中细语，被风吹去，似了无痕迹，但心中那一刹那间美的感受，却慢慢酝酿成为诗，成为文，绝不是勉强得来的。”这是他作诗为文的态度，也是他行云流水似的风格。他说话不多，但每句话，都像名山古刹中的木鱼清磬，一声声飘落在你心田里，隽永而耐人寻思。

大学四年，我鲁钝的资质并未学得什么，而夏老师春风化雨的熏陶，却使我领会了人生的乐趣，不在争名逐利，而在读书写作，以及工作过程中的那一份欢愉的感受。

“留予他年说梦痕，一花一木耐温存。”这是他的词，他说人生固然短暂，而生活却是壮美的。生涯中的一花一木、一喜一悲都当以温存的心，细细体味。哪怕当时是痛苦与烦恼，而过后思量，将可以化痛苦为信念，转烦恼为菩提。使你有更多的智慧与勇气，面对现实。

别老师后，他的词与他的诲谕时时在心。抗战期间，我尝尽了生离死别之苦，避乱穷乡，又经历了许多惊险。在工作中，我也领略到人间炎凉与温暖的滋味。我渐渐地长成了，我懂得，人要挣扎着生活下去是多么不容易，却是多么值得赞美。我也懂得如何以温存的心，体味生涯中的一花一木所给予我的一喜一悲。

记得逃避山中时，正值隆冬季节，整个山城被封闭在两尺厚的皑皑积雪中，我处身其间，像冻结在水晶球中的玩偶，有一种凝固的安全感，静谧、寂寞而安详。在那一段日子，我终日沉醉在壮美的感受里，我读了些书，也点点滴滴地写了一些追忆旧事的篇章。

胜利后回到杭州，我去萝苑拜会夏老师，我们穿过松林幽径，走向孤山放鹤亭，那时正是骤雨初霁的仲夏傍晚，湖水湖风，凉送襟袖。我们在亭中坐下来，看湖面上亭亭的风荷，跳跃着晶莹的水珠。在心旷神怡中，他看着我请他批改的几篇短文，点点头微笑着，拿出钢笔在封面上题了“留予他年说梦痕”的那句话。

卖水红菱的小姑娘来了，我们买了一掬，慢慢儿剥着，在暮霭苍茫中回到萝苑。

湖堤散步的情景，一晃眼已经是十多年前的事了。来台湾时，仓促中不及带出那些未经整理的凌乱稿件。那些事，在我心中也一直是非常凌乱。生活安定下来以后，我才又重新一件件的追忆，重新琐琐碎碎，片片段段地写。写下许多童年的故事，写下我对亲人师友的怀念，也写下我在台湾的生活感想。这些，也许会被认为是个人廉价的感伤，鸡毛蒜皮不值一提的身边琐事，或老生常谈却自以为了不起的人生哲学。对这些批评，我都坦然置之，我是因为心里有一份情绪在激荡，不得不写时才写。每回我写到我的父母家人与师友，我都禁不住热泪盈眶。我忘不了他们对我的关爱，我也珍惜自己对他们的这一份情。像树木花草似的，谁能没有一个根呢？我常常想，我若能忘掉亲人师友，忘掉童年，忘掉故乡，我若能不再哭，不再笑，我宁愿搁下笔，此生永不再写，然而，这怎么可能呢？

人到了中年，应该更坚强，更经受得起了，但我有时却非常脆弱。我会因看见一条负荷过重的老牛，蹒跚地迈过我身边而为它黯然良久。我会呆呆地守着一只为觅食而失群的蚂蚁而代它彷徨焦急。我更会因听到寺庙的木鱼钟磬之声，殡仪馆的哀乐，甚至逢年过节看见热闹的舞龙灯、跑旱船、划龙船而泫然欲泣。面对着姹紫嫣红的春日，或月凉似水的秋夜，我想念的是故乡矮墙外碧绿的稻田，与庭院中雅淡的木樨花香。我相信，心灵如此敏感的，该不止我一个人吧！

我是沉醉在个人的哀乐中吗？我是在逃避现实吗？不，不是的。虽然日历纸一天天飞过去不会再回头，但我总得望着前面，前面还有一大段路得走。我总希望以壮健的身心回到故乡，在先人的庐墓边安居下来，享受壮阔的山水田园之美，呼吸芬芳静谧的空气。我要与梦寐中曾几度相见的人们，真正的紧握着手，畅叙别后离情。我渴望着那一天，难道那一天会遥远吗？不会吧。

“留予他年说梦痕，一花一木耐温存。”那微带悲怆的声调不时在我心头萦绕。为了他年的印证，我以这支秃笔，留下了阑珊的梦痕，也付印了这本小书。

书名“烟愁”，这是集中的一篇。我对这两个字有一份偏爱。淡淡的哀愁，像轻烟似的，萦绕着，也散开了。那不象征虚无缥缈，更不象征幻灭，却给我一种踏踏实实的，永恒之美的感受。

髻

母亲年轻的时候，一把青丝梳一条又粗又长的辫子，白天盘成了一个螺丝似的尖髻儿，高高地翘起在后脑，晚上就放下来挂在背后。我睡觉时挨着母亲的肩膀，手指头绕着她的长发梢玩儿，双妹牌生发油的香气混着油垢味直熏我的鼻子。有点儿难闻，却有一份母亲陪伴着我的安全感，我就呼呼地睡着了。

每年的七月初七，母亲才痛痛快快地洗一次头。乡下人的规矩，平常日子可不能洗头。如洗了头，脏水流到阴间，阎王要把它储存起来，等你死以后去喝，只有七月初七洗的头，脏水才流向东海去。所以一到七月七，家家户户的女人都要有一大半天披头散发。有的女人披着头发美得跟葡萄仙子一样，有的却像丑八怪。比如我的五叔婆吧，她既矮小又干瘪，头发掉了一大半，却用墨炭划出一个四四方方的额角，又把树皮似的头顶全抹黑了。洗过头以后，墨炭全没有了，亮着半个光秃秃的头顶，只剩后脑勺一小撮头发，飘在背上，在厨房里摇来晃去帮我母亲做饭，我连看都不敢冲她看一眼。可是母亲乌油油的柔发却像一匹缎子似的垂在肩头，微风吹来，一绺绺的短发不时拂着她白嫩的面颊。她眯起眼睛，用手背拢一下，一会儿又飘过来了。她是近视眼，眯缝眼儿的时候格外的俏丽。我心里在想，如果爸爸在家，看见妈妈这一头乌亮的好发，一定会上街买一对亮晶晶的水钻发夹给她，要她戴上。妈妈一定是戴上了一会儿就不好意思地摘下来。那么这一对水钻夹子，不久就会变成我扮新娘的“头面”了。

父亲不久回来了，没有买水钻发夹，却带回一位姨娘。她的皮肤好细好白，一头如云的柔鬓比母亲的还要乌，还要亮。

两鬓像蝉翼似的遮住一半耳朵，梳向后面，绾一个大大的横爱司髻，像一只大蝙蝠扑盖着她后半个头。她送母亲一对翡翠耳环。母亲只把它收在抽屉里从来不戴，也不让我玩，我想大概是她舍不得戴吧。

我们全家搬到杭州以后，母亲不必忙厨房，而且许多时候，父亲要她出来招呼客人，她那尖尖的螺丝髻儿实在不像样，所以父亲一定要她改梳一个式样。母亲就请她的朋友张伯母给她梳了个鲍鱼头。在当时，鲍鱼头是老太太梳的，母亲才过三十岁，却要打扮成老太太，姨娘看了只是抿嘴儿笑，父亲就直皱眉头。我悄悄地问她："妈，你为什么不也梳个横爱司髻，戴上姨娘送你的翡翠耳环呢？"母亲沉着脸说："你妈是乡下人，哪儿配梳那种摩登的头，戴那讲究的耳环呢？"

姨娘洗头从不拣七月初七。一个月里都洗好多次头。洗完后，一个丫头在旁边用一把粉红色大羽毛扇轻轻地扇着，轻柔的发丝飘散开来，飘得人起一股软绵绵的感觉。父亲坐在紫檀木棍床上，端着水烟筒噗噗地抽着，不时偏过头来看她，眼神里全是笑。姨娘抹上三花牌发油，香风四溢，然后坐正身子，对着镜子盘上一个油光闪亮的爱司髻，我站在边上都看呆了。姨娘递给我一瓶三花牌发油，叫我拿给母亲，母亲却把它高高搁在橱背上，说："这种新式的头油，我闻了就泛胃。"

母亲不能常常麻烦张伯母，自己梳出来的鲍鱼头紧绷绷的，跟原先的螺丝髻相差有限，别说父亲，连我看了都不顺眼。那时姨娘已请了个包梳头刘嫂。刘嫂头上插一根大红签子，一双大脚丫子，托着个又矮又胖的身体，走起路来气喘吁吁的。她每天早上十点钟来，给姨娘梳各式各样的头，什么凤凰髻、羽扇髻、同心髻、燕尾髻，常常换样子，衬托着姨娘细洁的肌肤，袅袅婷婷的水蛇腰儿，越发引得父亲笑眯了眼。刘嫂劝母亲说："大太太，你也梳个时髦点的式样嘛。"

母亲摇摇头，响也不响，她噘起厚嘴唇走了。母亲不久也由张伯母介绍了一个包梳头陈嫂。她年纪比刘嫂大，一张黄黄的大扁脸，嘴里两颗闪亮的金牙老露在外面，一看就是个爱说话的女人。她一边梳一边叽里呱啦地从赵老太爷的大少奶奶，说到李参谋长的三姨太，母亲像个闷葫芦似的一句也不搭腔，我却听得津津有味。有时刘嫂与陈嫂一起来了，母亲和姨娘就在廊前背对着背同时梳头。只听姨娘和刘嫂有说有笑，这边母亲只是闭目养神。陈嫂越梳越没劲儿，不久就辞工不来了，我还清清楚楚地听见她对刘嫂说："这么老古董的乡下太太，梳什么包梳头呢？"我都气哭了，可是不敢告诉母亲。

从那以后，我就垫着矮凳替母亲梳头，梳那最简单的鲍鱼头。我踮起脚尖，从镜子里望着母亲。她的脸容已不像在乡下厨房里忙来忙去时那么丰润亮丽了，她的眼睛停在镜子里，望着自己出神，不再是眯缝眼儿的笑了。我手中捏着母亲的头发，一绺绺地梳理，可是我已懂得，一把小小黄杨木梳，再也理不清母亲心中的愁绪。因为在走廊的那一边，不时飘来父亲和姨娘琅琅的笑语声。

我长大出外读书以后，寒暑假回家，偶然给母亲梳头，头发捏在手心，总觉得愈来愈少。想起幼年时，每年七月初七看母亲乌亮的柔发飘在两肩，她脸上快乐的神情，心里不禁一阵阵酸楚。母亲见我回来，愁苦的脸上却不时展开笑容。无论如何，母女相依的时光总是最最幸福的。

在上海求学时，母亲来信说她患了风湿病，手膀抬不起来，连最简单的缧丝髻儿都盘不成样，只好把稀稀疏疏的几根短发剪去了。我捧着信，坐在寄宿舍窗口凄淡的月光里，寂寞地掉着眼泪。深秋的夜风吹来，我有点冷，披上母亲为我织的软软的毛衣，浑身又暖和起来。可是母亲老了，我却不能随侍在她身边，她剪去了稀疏的短发，又何尝剪去满怀的愁绪呢！

不久，姨娘因事来上海，带来母亲的照

片。三年不见，母亲已白发如银。我呆呆地凝视着照片，满腔心事，却无法向眼前的姨娘倾诉。她似乎很体谅我思母之情，絮絮叨叨地和我谈着母亲的近况。说母亲心脏不太好，又有风湿病。所以体力已大不如前。我低头默默地听着，想想她就是使我母亲一生郁郁不乐的人，可是我已经一点都不恨她了。因为自从父亲去世以后，母亲和姨娘反而成了患难相依的伴侣，母亲早已不恨她了。我再仔细看看她，她穿着灰布棉袍，鬓边戴着一朵白花，颈后垂着的再不是当年多彩多姿的凤凰髻或同心髻，而是一条简简单单的香蕉卷，她脸上脂粉不施，显得十分哀戚，我对她不禁起了无限怜悯。因为她不像我母亲是个自甘淡泊的女性，她随着父亲享受了近二十多年的富贵荣华，一朝失去了依傍，她的空虚落寞之感，将更甚于我母亲吧。

来台湾以后，姨娘已成了我唯一的亲人，我们住在一起有好几年。在日式房屋的长廊里，我看她坐在玻璃窗边梳头，她不时用拳头捶着肩膀说："手酸得很，真是老了。"老了，她也老了。当年如云的青丝，如今也渐渐落去，只剩了一小把，且已夹有丝丝白发。想起在杭州时，她和母亲背对着背梳头，彼此不交一语的仇视日子，转眼都成过去。人世间，什么是爱，什么是恨呢？母亲已去世多年，垂垂老去的姨娘，亦终归走向同一个渺茫不可知的方向，她现在的光阴，比谁都寂寞啊。

我怔怔地望着她，想起她美丽的横爱司髻，我说："让我来替你梳个新的式样吧。"她愀然一笑说："我还要那样时髦干什么，那是你们年轻人的事了。"

我能长久年轻吗？她说这话，一转眼又是十多年了。我也早已不年轻了。对于人世的爱、憎、贪、痴，已木然无动于衷。母亲去我日远，姨娘的骨灰也已寄存在寂寞的寺院中。

这个世界，究竟有什么是永久的，又有什么是值得认真的呢？

金盒子

记得五岁的时候，我与长我三岁的哥就开始收集各色各样的香烟片了。经过长久的努力，我们把《封神榜》香烟片几乎全部收齐了。我们就把它收藏在一只金盒子里——这是父亲给我们的小小保险箱，外面挂着一把玲珑的小锁。小钥匙就由我与哥哥保管。每当父亲公余闲坐时，我们就要捧出金盒子，放在父亲的膝上，把香烟片一张张取出来，要父亲仔仔细细给我们讲画面上纣王比干的故事。要不是严厉的老师频频促我们上课去，我们真不舍得离开父亲的膝下呢！

有一次，父亲要出发打仗了。他拉了我俩的小手问道："孩子，爸爸要打仗去了，回来给你们带些甚么玩意儿呢?"哥哥偏着头想了想，拍着手跳起来说："我要大兵，我要丘八老爷。"我却很不高兴地摇摇头说："我才不要，他们是要杀人的呢。"父亲摸摸我的头笑了。可是当他回来时，果然带了一百名大兵来了。他们一个个都雄赳赳地，穿着军装，背着长枪。幸得他们都是烂泥做的，只有一寸长短，或立或卧，或跑或俯，煞是好玩。父亲分给我们每人五十名带领。这玩意儿多么新鲜！我们就天天临阵作战。只因过于认真，双方的部队都互相损伤。一两星期以后，他们都折了臂断了腿，残废得不堪再作战了，我们就把他们收容在金盒子里作长期的休养。

我八岁的那一年，父亲退休了。他要带哥哥北上住些日子，叫母亲先带我南归故里。这突如其来的分别，真给我们兄妹十二分的不快。我们觉得难以割舍的还有那唯一的金盒子，与那整套的《封神榜》香烟片。它们究竟该托付给谁呢？两人经过一天的商议，还是哥哥慷慨地说："金盒子还是交给你保管吧！我到北平以后，爸爸一定会给我买许多玩意儿的！"

金盒子被我带回故乡。在故乡寂寞的岁月里，童稚的心，已渐渐感到孤独。幸得我已经慢慢了解《封神榜》香烟片背后的故事说明了。我又用烂泥把那些伤兵一个个修补起来。我写信告诉哥哥说金盒子是我寂寞中唯一的良伴，他的回信充满了同情与思念。他说明年春天回来时给我带许许多多好东西，使我们的金盒子更丰富起来。

第二年的春天到了，我天天在等待哥哥归来。可是突然一个晴天霹雳似的电报告诉我们，哥哥竟在将要动身的前一星期，患急性肾脏炎去世了。我已不记得当这噩耗传来的时候，是怎样哭倒在母亲怀里，仰视泪痕斑斑的母亲，孩子的心，已深深体验到人事的变幻无常。我除了恸哭，更能以甚么话安慰母亲呢？

金盒子已不复是寂寞中的良伴，而是逗人伤感的东西了。我纵有一千一万个美丽的金盒子，也抵不过一位亲爱的哥哥。我虽是个不满十岁的孩子，却懂得不在母亲面前提起哥哥，只自己暗中流泪。每当受了严师的责罚，或有时感到连母亲都不了解我时，我就独个儿躲在房间，闩上了门，捧出金盒子，一面搬弄里面的玩物，一面流泪，觉得满心的忧伤委屈，只有它们才真能为我分担。

父亲安顿了哥哥的灵柩以后，带着一颗惨痛的心归来了。我默默地靠在父亲的膝前，他颤抖的手抚着我，早已呜咽不能成声了。

三四天后，他才取出一个小纸包说："这是你哥哥在病中，用包药粉的红纸做成的许多小信封，一直放在袋里，原预备自己带给你的。现在你拿去好好保存着吧！”我接过来打开一看，原来是十只小红纸信封，每一只里面都套有信纸，信纸上都用铅笔画着“松柏长青”四个空心的篆字，其中一个，已写了给我的信。他写着：“妹妹，我病了不能回来，你快与妈妈来吧！我真寂寞，真想念妈妈与你啊！”那一晚上我整整哭到夜深。第二天就小心翼翼地把小信封收藏在金盒子里，这就是他留给我唯一值得纪念的宝物了。

三年后，母亲因不堪家中的寂寞，领了一个族里的小弟弟。他是个十二分聪明的孩子，父母亲都非常爱他，给他买了许多玩具。我也把我与哥哥幼年的玩具都给了他，却始终藏过了这只小金盒子，再也舍不得给他。有一次，被他发现了，他跳着叫着一定要。母亲带着责备的口吻说：“这么大的人了，还与六岁的小弟弟争玩具呢！”我无可奈何，含着泪把金盒子让给小弟弟，却始终不忍将一段爱惜金盒子的心事，向母亲吐露。

金盒子在六岁的童子手里显得多么不坚牢啊！我眼看他扭断了小锁，打碎了烂泥兵，连那几个最宝贵的小信封也几乎要遭殃了。我的心如绞着一样痛，趁母亲不在，急忙从小弟弟手里抢救回来，可是金盒子已被摧毁得支离破碎了。我真是心疼而且愤怒，忍不住打了他，他也骂我“小气的姊姊”，他哭了，我也哭了。

一年又一年地，弟弟已渐渐长大，他不再毁坏东西了。九岁的孩子，就那么聪明懂事，他已明白我爱惜金盒子的苦心，帮着我用美丽的花纸包扎起烂泥兵的腿，再用铜丝修补起盒子上的小锁，说是为了纪念他不曾晤面的哥哥，他一定得好好爱护这只金盒子。我们姊弟间的感情，因而与日俱增，我也把思念哥哥的心，完全寄托于弟弟了。

弟弟十岁那年，我要离家外出，临别时，我将他的玩具都理在他的小抽屉中，自己带了这只金盒子在身边，因为金盒子对于我不仅是一种纪念，而且是骨肉情爱之所系了。

作客他乡，一连就是五年，小弟弟的来信，是我唯一的安慰。他告诉我他已经念了许多书，并且会画图画了。他又告诉我说自己的身体不好，时常咳嗽发烧，说每当病在床上时，是多么寂寞，多么盼我回家，坐在他身边给他讲香烟片上《封神榜》的故事。可是因为战时交通不便，又为了求学不能请假，我竟一直不曾回家看看他。

恍惚又是一场噩耗，一个电报告诉我弟弟突患肠热病，只两天就不省人事，在一个凄凉的七月十五深夜，他去世了！在临死时，他忽然清醒起来，问姊姊可曾回家。我不能不怨恨残忍的天心，在十年前夺去了我的哥哥，十年后竟又要夺去我的弟弟，我不忍回想这接二连三的不幸事件，我是连眼泪也枯干了。

哥哥与弟弟就这样地离开了我，留下的这一只金盒子，给予我的惨痛该多么深？但正为它给予我如许惨痛的回忆，使我可以捧着它尽情一哭，总觉得要比甚么都不留下好得多吧！

几年后，年迈的双亲，都相继去世了，暗淡的人间，茫茫的世路，就只丢下我踽踽独行。如今我又打开这修补过的小锁，抚摸着里面一件件的宝物，贴补烂泥兵脚的美丽花纸，已减退了往日的光彩，小信封上的铅笔字，也已逐渐模糊得不能辨认了。可是我痛悼哥哥与幼弟的心，却是与日俱增，因为这些暗淡的事物，正告诉我他们离开我是一天比一天更远了。

毛　衣

——无怨无悔的母爱

天冷了，我从箱子里又翻出那件藏青旧毛衣，看来扣子已经掉了两粒，扣眼也豁裂了好几个。我把手指头套在破窟窿里，转来转去，想穿根线缝一下却打不起兴致，这件毛衣实在太旧，式样也太老了——又长又大地挂在身上，看去年纪都要老上十岁。想拆了却又万分舍不得，因为这是廿六年前，我给母亲织的，母亲只穿过一年就去世了。

廿多年来，我一直珍惜地保藏着这件毛衣，每年都穿着它过冬。为了它，我不知多少次背了老古董的名字。看看百货商店里挂着那么多的新式毛衣，也曾几次想买，而且还在店里试穿过，对着镜子前后左右地照，可是一想起还有这件藏青毛衣，就觉得不该再买新的了。

记起从前母亲常说的话：“要节省啊！要记得你读这几年书不容易，心思放在学问上，不要把时间金钱浪费在不必要的东西上，妈是把你当个男孩子看的唷。”这几句话一直记在我心里，母亲已经不在了，我更不忍心不听她的教诲。

况且手头也确是没有余钱，所以还是决心不买，而且往后连眼睛也不再往橱窗里多望了。可是套上这件旧毛衣，对着镜子一照，心里又不免有点矛盾。看，多老气呀！还是把它拆了织个新样子吧，即使母亲在世，也不见得会不赞成吧。这是道地蜜蜂牌细毛线呢！现在买起来可不便宜，不好好利用它不可惜了吗！

说起蜜蜂牌细毛线，我不由得想起那一年去上海读书，母亲送我上船时说的话：“小春，天太冷了，你戴孝又不能穿丝棉背心，到上海就买一磅蜜蜂牌细毛线——要真正蜜蜂牌的，这个牌子的毛线最软和。花几个钱，请人给你织一件毛衣穿在里面就暖和了。”母亲说话时紧紧捏着我冻得冰冷的手，可是我觉得母亲的手也不暖，被风吹得干枯的手背上隆起了青筋。那天母亲的脸显得特别苍白清瘦，也许是灰布罩袍和鬓边那朵白花的缘故吧！我心里想：母亲不该瘦得那么多，老得这样快啊！我眼圈儿一红，赶紧举手摸摸头发，把白绒花摘下来重新又别上去。母亲的眼光呆呆地看着我，舱门外来来往往的送行人和乘客，谁也没有注意这一对穿灰布袍子戴白绒花的母女。父亲去世才两个月，为了继续学业，我不得不在兵荒马乱之时，远离母亲去人地生疏的上海读书。如果交通突然受阻的话，一年半载之内，还不知是否能回来探望母亲呢！

我的泪水终于扑簌簌地滚落下来。母亲也只是用手帕擦着眼睛，却低声劝慰我说：“不要哭，出门要好好儿的，到了马上写信来。”母亲没说太多的话，只是帮我打开铺盖，把枕头拍得松松的。

爷爷的味儿

十岁的侄孙望着窗外远处，忽然若有所思地说：

“好久好久没有闻到爷爷的味儿了。”

“爷爷的味儿?”我没听懂他的意思。

他奶奶解释道：“他在想念他的爷爷啦，因为他从小喜欢钻在爷爷怀里睡。爷爷爱用粗肥皂洗澡，所以有一股子味儿。”

“原来如此，”我就问侄孙，“爷爷的味儿是什么样的呢?”

“好好闻啊，暖烘烘的，有点香，也有点臭。”

“那你快写信去催爷爷来嘛。”

“我写啦，但是爷爷好差劲，都不回我信。奶奶说他太忙了，说他是个科技专家，还被请到俄罗斯去商谈技术合作呢。奶奶说西伯利亚好冷好冷，爷爷睡在被窝里，是不是还有那股子味儿呢?”

他胖嘟嘟的圆脸，一对乌黑的眼睛中，看得出他是多么想念远在地球那一边中国大陆的爷爷啊！

爷爷的味儿确实好温暖，我也想起自己幼年时，爷爷去世太早，是由慈爱的外公牵着我小手长大的。外公是种地的农夫，高高瘦瘦的个子，四肢灵活，走起路来，健步如飞。他每年腊月都来我家过年，背上背一个大布袋，里面是他自己做的百果糕和山楂果，命妈妈祭了祖先灶神后再分给孩子们吃，保佑我们长命百岁。

外公一来，就叫老师放我年假，那半个月，是我一年中最快乐的日子。坐在外公怀里，听他讲那些讲了几百遍的故事。外公的厚棉袄里，散发出一阵阵的味儿，暖烘烘的，好好闻，闻着闻着就安心地睡着了。外公说自己是吃山薯长大的，所以身上有一股子山薯的香味。他爱喝酒、喝茶，所以又有酒香、茶香。妈妈说外公长年不洗澡，因而还有一股子汗香，外公听了张开缺牙的嘴呵呵大笑，笑起来更有一股子旱烟香。但他抱着我的时候是不抽烟的，生怕烫到我。

如今回想起来，外公的各种味儿，不也就是侄孙想念的“爷爷的味儿”吗？

外子每回听侄孙念着爷爷，就会想起他弟

弟幼年时活泼顽皮的神态。年光飞逝，如今那顽皮孩子都已做了爷爷了。我们两次回大陆，都与他相见畅叙。他虽也已两鬓飞霜，而手足重逢，欢慰中仍显露出一脸的纯真憨态。他兴高采烈地对他哥哥说着他的工作计划，一停下来却拍着膝头呢呢唔唔地念起来："我的小白猪，我可爱的小白猪。"因为他白胖的孙儿是属猪的，我对他说："小白猪好想念你啊！你的小外孙女也好想念你啊！快快结束你的工作，到美国去一家团聚，让小白猪和小外孙女多闻闻爷爷的味儿吧。"

他笑咧着嘴说："可不是吗？尽管我那小外孙女儿爱干净，我还是要搂着她，让她皱起眉头，闻闻爷爷的味儿呢！"

对着他那一脸笑逐颜开的神情，我不由得想象他童年时的天真憨态。他们兄弟俩，是不是也爱投在爷爷怀里，闻爷爷的味儿呢？

瞬息人生

我们的近邻是一对年逾七旬的老夫妇。老先生和蔼而沉默，每天一大早，无论风雨阴晴，总是提一大包垃圾，慢慢地走到老远的巷尾，丢进垃圾箱，然后点燃一支香烟，悠闲地抽着，慢慢地走回来。遇到邻居，笑嘻嘻地说声“早”。常常还看他捡一些别人丢弃的家具回来，放在车库里，用榔头敲敲打打，变成了可用的新东西。

老太太则精神抖擞，口若悬河，见了人就说个没完。她说她真要把老头子宰了，因为他太喜欢捡破烂，又要抽烟，所以她要把他赶到后面车库门外去，以免屋里空气污染。

他们有一个中年的女儿同住，女儿是一位虔诚的天主教徒，终生不嫁，在中学教书，人非常和蔼可亲，热心负责，所以当选为社区管理委员之一。

近半年来，老先生的健康情形远不如从前，见了人也不大打招呼了。外向的老太太依旧生龙活虎，由女儿陪伴着外出购物或游玩，回家时总是兴致勃勃的。我见到时不免问起她先生的身体如何。她总是说："他老觉得自己浑身都是病，我真受不了，幸得有女儿陪我往外跑。"

最近好久没看见老先生出来倒垃圾了，我见到他女儿，问起她父亲，她哀伤地说父亲已在医院病逝了，患的是肝癌。我们住得只隔一家，竟一点也不知道，真是"老死不相往来"，令人感触万千。

女儿说她母亲因父亲逝世，过度悲伤，健康一下子像崩溃了似的，也变得浑身都是病，心情十分恶劣。我因此也不便去打扰她，只托她女儿代为致意。

昨天天气晴朗，我中午去邮筒取信，却见老太太在后面车库门外彷徨。问她是否等女儿回来，她沮丧地说女儿要晚上才回家，她出来倒垃圾，虚掩的门被风吹得关上了，把她锁在门外，一筹莫展。我扶她到自己家里先坐一下，打电话请管理员来帮忙开门，却找不到他。老太太幽幽地说："以前老头子在的时候，垃圾都是他提出去倒掉，我进出也都不带钥匙的，现在关在门外，却没人帮我开了。"

我望着她哀伤的神情，无言以慰，又不知

如何帮她把门打开。幸得这阵子正有油漆匠在油漆社区房屋外面的墙壁，就请一位工人从老太太屋子的后阳台爬入，进去把前门开启，解决了问题。

我扶着她颤巍巍地回到她自己的家，屋子里阴暗而空洞。觉得眼前这位老太太和以前生龙活虎的神情，判若两人。她女儿忙于教课，虽孝顺却不能时刻侍奉在侧。看着她的苍苍白发、惨淡容颜，深体她老年折翼的哀痛。

从她屋子那边绕回来，在亮丽的阳光下，看见另一家邻居的一位少妇，带着她的婴儿坐在草坪上晒太阳。我忍不住蹲下来和她寒暄，逗逗她的孩子。她幸福地望着婴儿。婴儿才七个月，非常老练地张开小口，舞动一双胖手要想说话，一对眼睛碧蓝如宝石，可爱极了。年轻的妈妈说："我真希望她的眼睛永远是蓝的。"我说："一定的。"

回到家中，心头一直浮现着两张脸，老太太的白发苍颜和她的凄凄惶惶，婴儿的手舞足蹈和她一对宝蓝的眼睛。我感触万千地告诉外子，他却云淡风轻地说："这是很自然的现象，何必叹息？那位颤巍巍的老太太，不也是从那样可爱的婴儿长大的吗？"他又笑嘻嘻地套起时髦的文艺腔说："她已经走过童年，走过青春，她曾经笑过，曾经爱过，纵然苦涩，也当无怨无悔了。"

真佩服他的幽默与豁达，谁不是这样走过来的呢？婴儿在每分每秒地长大，长大后每分每秒地老去，这原是自然现象，真当学学庄子"其生也时也，其死也顺也，安时而处顺，哀乐不能人"，以求安享余年。

但我仍念念不忘婴儿眼睛里那透明的宝蓝，和她母亲对她期望的话："但愿她永远保有那美丽的宝蓝。"她能吗？

愿天下眷属都是有情人

人人都知道“愿天下有情人都成眷属”这句话，是月老撮合世人姻缘的一片好心。石家兴先生却将此句颠倒修改一下，成为“愿天下眷属都是有情人”，含义实在是十二分深长，愈念愈有情味。因为“有情人”成眷属不难，成了眷属以后，要永远保持“情人”心意，可不容易呢！

记得我们在大学毕业时，恩师赐赠我们同学无论男女同样的对联一副，那就是“要修到神仙眷属，须做得柴米夫妻”。他说：“你们将来都要成家的，希望你们每位都有美满家庭。所以现在先送你们每人一副对联，记住这十四个字，深深体会，婚前不用说情深似海，婚后尤当义重如山。神仙眷属是旖旎风光的理想，要使理想实现而持久，必须能过得同甘共苦的柴米夫妻生活。所以我认为不是‘贫贱夫妻百事哀’，而是‘恩爱夫妻万事谐’。”

恩师的一席话，是金玉良言。可是时至今日，少男少女的离合，已成司空见惯的寻常事。月前与名学人费景汉博士一同参加座谈，他劝今天的父母，不必为儿女婚姻担忧操心，他们交友、试婚、同居、结婚、离婚，都由他们，不要拿中国的旧道德标准去衡量他们，更不必把这个包袱压在自己心头，徒然自苦。他说得淋漓痛快，我却听来如有所失。

中国的伦理道德观念，固然有异于西方，在东西不同文化的冲击之下，我们这些老一代的，身居海外，究竟是放弃旧道德观念呢，还是尽全力维系，以身作则，使下一代子女，多多少少能接受这种道德观念呢？

因此我想起家兴的巧思："愿天下眷属都是有情人。"

凡事以理说服人甚难，以情动之较易。"有情人"是多么可爱的三个字，西方人着迷，东方人也喜欢。但要维持永久的"有情人"，必须有足够的耐力与对婚姻道德的正确价值观念。

我们的母亲辈常叹息："一床儿女，抵不得半床夫。""年少夫妻老来伴"，即使是"拌"嘴，也还是打不散、拆不散的老"伴"。所以，让我们再多多体会一下"愿天下眷属都是有情人"这句名言吧！

敬爱的“号兵”

求学时代，对负责学生事务的老师，多少总有点畏惧与反感。我中学的训导主任姓沈名咸曾。我们就在“曾”字的边上加一个竖心旁，变成“咸憎”，人人都不喜欢的意思。

沈先生兼任我们公民课。在普遍重视语数外主科的心理之下，对于教公民课的老师，自然又是“另眼相看”。可是因为他是训导主任，大家都有所顾忌。

第一天上课，我们屏声息气地注视他走进课堂，一个个正襟危坐，做出很专心听讲的样子。他穿的是藏青色毛料中山装，线条笔挺。皮鞋擦得铿亮，走在地板上发出“咔咔”的清脆响声。比起穿长袍布底鞋的语文老师来，要神气也洋派得多了。他开口说话前先点名，点一个名字抬头看一眼，仿佛看这一眼就把你牢牢记住似的。他点完名，开始说话了。“我的名字你们一定都知道了，我还有另外一个名字，”他转身在黑板上写下“沈浩滨”三个字，接着说，“浩瀚的浩，海滨的滨。是我大学老师给我起的，广大辽阔的意思。我很喜欢这个名字。”

第二天我扭头看同桌的沈琪，她把“浩滨”二字端端正正地写在笔记本上，却在下面写了“号兵”两个字，又很快地画了一个大兵吹号的草图。沈先生打开课本又合上，和气地说：“今天是第一天上课，大家随便谈谈。你们经过一星期的新生辅导，对学校的各项规则，还有什么不明白的地方？”看来很民主的样子。

沈琪马上就举起手来说：“我有问题。”沈先生点点头，沈琪站起来大声说：“请问沈先生，为什么住校的同学可以不穿制服，而走读的同学一定要穿，这不是不公平吗？”

沈先生却微笑地说：“我来解释一下。本来，穿制服是为了整齐划一，当然最好是全体同学一律穿制服。但学校为了体谅住校同学自己洗制服、烫制服忙不过来；不勤洗的话，穿在身上反而不整洁，所以才通融，除了周一、周五有周会的日子以外，可以不穿制服。走读的同学，在校外要表现学校精神，一定要穿制服，好在穿脏了可有家里人洗。”

沈先生说得很有道理，我们想不出话来反

驳了。可是沈琪又说话了："在一个课堂里上课，有的穿制服，有的不穿，就是不整齐嘛。"

"如果住校同学愿意天天穿制服，当然再好没有，只要能保持整洁。沈琪，因为你是走读的，才会这样想。如果你是住校的话，一定会觉得这样的通融是很合理的。"

沈先生给我们上的第一堂课，就博得同学们的好感，后来和沈先生接触久了，我们对他也就佩服起来。

他在周会上向大家作报告时，常常喜欢把一只手圈成一个圈，放在嘴边，好像可以把声音扩大似的。我们顿时觉得他很是名副其实的"号兵"。有一次他带我们远足，教我们唱进行曲，我们就告诉他把他的名字"浩滨"改写为"号兵"的事，他听了拍手大笑说："好极了，以后你们更得听我的号声，行动要迅速一致啰。"他说："号兵是行军时吹进行曲的前哨兵，要勇敢、机智，要以全副精神投注入号声之中；吹出来的调子即使单调，却有振奋人心，鼓舞你勇往直前的效果。就连学校里吹起床、升旗、作息号的工友，都要负责、守时，全校师生都得听他的号声。你看他吹号时全神贯注，挺身而立的神情，是不是像一只报晓的公鸡，多么自信和威武啊！”

沈先生的一席话，使我们对原来是开开玩笑的“号兵”的名称，也领略到一层新的意义。

初三时，沈先生不再教我们课了，但因他是训导主任，我们仍常常和他接触，那就是犯了过错被请进去“吃大菜”（受训斥的意思），可是沈先生的“大菜”是可口而富于营养的。他并不板起面孔训话，而是先讲个笑话或故事，让我们自己想想，错在哪里。

比方说，有一次我们住校生三五个人在一个周日的晚上，请外出假去看一场马上要下片的电影。学校批准我们八时半以前一定要返校。电影散场不到八点，回校时间是绰绰有余的。可是当我们经过一间饺子店时，那股香味实在太引诱人。原可以买回来吃，但总觉得坐在店里正式吃，有一派做大人的味道，于是就进去围坐一桌，大吃了一顿。又在水果摊上买了甘蔗菱角，心满意足地回校。到了校门口，大门已关上，才知已过八点半，快九点了。幸得好心的老工友悄悄开边门放我们进去，舍监已经把眼睛瞪得铜铃似的了，站在宿舍门口等着我们被“一网打尽”了。大名被记下来，直接送到校长室。我们并不怕训导主任的“大菜”，怕的是校长。

我们走进校长室，沈先生也在座。校长还没开口呢，他先说话了。他说有一个孩子，总是不听父母的话，每回外出时叫他早点回家，他总是晚归来。有一天，他又要出去了，父亲厉声地说：“这次出去就别回来了！”孩子在外却越玩越没劲，心里有一种无依的感觉，反而提早回家了。看见父母正在门口张望，母亲又高兴又意外地问他为什么这么快回来了。孩子一向倔强，不愿把真心话说出来，他说，因为爸爸叫我不要回来嘛，所以我回来了。母亲“扑哧”一声笑了。从那以后，他再也不迟归了。讲完故事，沈先生笑眯眯的，校长也笑了，气氛立刻缓和下来，大家心里也就放松了。幸得沈先生率先开口“定调”。

沈先生后来要去英伦留学了，我们真的好舍不得他走。沈先生古书读得多，英文又好，他是应该出国深造的。

临别之前，我们全班合作，由我执笔写了一首送别沈先生的诗。还记得那首诗的结尾是这样的：

我们敬爱的号兵

有如我们的父亲
我们圈起手
吹起离别的号声
祝敬爱的老师
此去万里鹏程……

哪得清香如旧

青灯有味似儿时

相信人人都爱念陆放翁的两句诗："白发无情侵老境，青灯有味似儿时。"尤其我现在客居海外，想起大陆的两个故乡，和安居了将近四十年的第三个故乡台北，都离得我那么遥远。一灯夜读之时，格外地缅怀旧事。尤不禁引发我"青灯有味"的情意，而想起儿童时代两位难忘的人物：

白姑娘

我家乡的小镇上，有一座小小的耶稣堂，一座小小的天主堂。由乡人自由地去做礼拜或望弥撒，母亲是虔诚的佛教徒，当然两处都不去。但对于天主堂的白姑娘，却有一分好感。因为她会讲一口道地的家乡土话，每回来都和母亲有说有笑，一边帮母亲剥豆子，理青菜，一边用家乡土音教母亲说英语："口"就是"牛"，"糖糕"就是"狗"，"拾得糖"就是"坐下"。母亲说："番人话也不难讲嘛。"

我一见她来，就说："妈妈，番女来了。"

母亲总说："不要叫她番女，喊她白姑娘嘛。"原来白姑娘还是一声尊称呢。因她皮肤白，夏天披戴雪白一身道袍，真像仙女下凡呢。

母亲问她是哪一国人，她说是英国人。问她为什么要出家当修女，又漂洋过海到这样的小地方来，她摸着念珠说："我在圣母面前许下心愿，要把一生奉献给她，为她传播广大无边的爱，世上没有一件事比这更重要了。"我听不大懂，母亲显得很敬佩的神情，因此逢年过节，母亲总是尽量地捐献食物或金钱，供天主堂购买衣被等救济贫寒的异乡人。母亲说："不管是什么教，做慈善好事总是对的。"

阿荣伯就只信佛，他把基督教与天主教统统叫作"洋教"，说中国人不信洋教。尽管白姑娘对他和和气气，他总不大理她，说她是代教会骗钱的，总是叫她番女番女的，不肯喊她一声白姑娘。

但有一回，阿荣伯病了，无缘无故地发烧不退，郎中的草药服了一点没有用，茶饭都不想很多天，人愈来愈瘦。母亲没了主意，告诉白姑娘，白姑娘先给他服了几包药粉，然后去城里请来一位天主教医院的医生，给他打针吃药，病很快就好了。顽固的阿荣伯，这才说：

“番人真有一手，我这场病好了，就像脱掉一件破棉袄一般，好舒服。”以后他对白姑娘就客气多了。

白姑娘在我们镇上好几年，几乎家家对她都很熟。她并不勉强拉人去教堂，只耐心又和蔼地挨家拜访，还时常分给大家一点外国货的炼乳、糖果、饼干等等，所以孩子们个个喜欢她。她常教我们许多游戏，有几样魔术，我至今还记得。那就是用手帕折的小老鼠会蹦跳，折断的火柴一晃眼又变成完整的，左手心握紧铜钱，会跑到右手心来。如今每回做这些魔术哄小孩子时，就会想起白姑娘的美丽笑容，和母亲全神贯注对她欣赏的快乐神情。

尽管我们一家都不信天主教，但白姑娘的友善亲切，却给了我们母女不少快乐。但是有一天，她流着眼泪告诉我们，她要回国了，以后会有另一位白姑娘再来，但不会讲跟她一样好的家乡土话，我们心里好难过。

母亲送了她一条亲手绣的桌巾，我送她一个自己缝的土娃娃。她说她会永远怀念我们的。临行的前几天，母亲请她来家里吃一顿丰富的晚餐，她摸出一条珠链，挂在我颈上，说：“你妈妈拜佛时用念珠念佛。我们也用念珠念经。这条念珠送你，愿天主保佑你平安。”我的眼泪流下来了。她说：“不要哭，在我们心里，并没有分离。这里就是我的家乡了。有一天，我会再回来的。”

我哭得说不出话来。她悄悄地说：“我好喜欢你。记住，要做一个好孩子，孝顺父母亲。”我忽然捏住她手问她：“白姑娘，你的父母亲呢？”她笑了一下说：“我从小是孤儿，没有父母亲。但我承受了更多的爱，仰望圣母，我要回报这份爱，我有着满心的感激。”

这是她第一次对我讲这么深奥严肃的话，却使我非常感动，也牢牢记得。因此我长大以后，对天主教的修女，总有一分好感。

连阿荣伯这个反对“洋教”的人，白姑娘的离开，也使他眼泪汪汪的，他对她说：“白姑娘，你这一走，我们今生恐怕不会再见面了，不过我相信，你的天国，同我们菩萨的天堂是一样的。我们会再碰面的。”

固执的阿荣伯会说这样的话，白姑娘听了好高兴。她用很亲昵的声音喊了他一声：“阿荣伯，天主保佑你，菩萨也保佑你。”

我们陪白姑娘到船埠头，目送她跨上船，一身道袍，飘飘然地去远了。

以后，我没有再见到这位白姑娘，但直到现在，只要跟小朋友们表演那几套魔术时，总要说一声："是白姑娘教我的。"

白姑娘教我的，不只是有趣的游戏，而是她临别时的几句话："要做个好孩子，好好孝顺父母……我要回报这份爱，我有着满心的感激。"

岩亲爷

我家乡土话称干爹为"亲爷"，干儿子为"亲儿"。那意思是"跟亲生父子一样地亲，不是干的"。这番深厚的情意，至今使我念念不忘故乡那位慈眉善目，却不言不语的岩亲爷。

岩亲爷当然不姓岩，因为没有这么一个姓。但也不是正楷字"严"字的象形或谐音姓严。有趣的是岩亲爷并不是一个人，而是一位神仙。

这位神仙不姓严，却姓吕，就是八仙里的吕洞宾。

吕洞宾怎么会跑到我家乡的小镇住下来，做孩子们的亲爷？那就没哪个知道了。我问母亲，母亲说："神仙嘛，有好多个化身，飘到哪里，就住到哪里呀。”问阿荣伯，阿荣伯说：“我们瞿溪风水好呀，给神仙看中了。”问到外公，外公说：“瞿溪不只风景好，瞿溪的男孩子聪明肯读书，吕洞宾伯伯是读书人，就收肯读书的男孩子做亲儿。亲儿越收越多，就索性住下来了，因此地方上给他盖了个庙。”

这座庙是奇奇怪怪的，没有门，也没有围墙。却是依山傍水，建筑在一块临空伸出的岩石上，就着岩石，刻了一尊道袍方巾，像戏台上诸葛亮打扮的神像，那就是吕洞宾。神龛的后壁，全是山岩，神龛前面是一块平坦的岩石，算是正殿。岩石伸向半空，离地面约有三丈多高。下面有一个潭，潭水只十余尺深，却是清澈见底。因为岩上的涓涓细流，都滴入潭中，所以潭水在秋冬时也不会枯涸。村子里讲究点的大户人家，都到这里来挑一担潭水，供煮饭泡茶之用。神仙赐的水是补的，孩子喝了会长生，会聪明。

庙是居高临下的，前面就是那条主流瞿溪。溪水清而浅。干旱的日子，都露出潭底的沙石来，溪上有十几块大石头稀稀疏疏搭成的“桥”，乡下人称之为“丁步”，走过丁步，就到热闹的市中心瞿溪街，岩亲爷闹中取静，坐在正殿里，就可一目了然地观赏街上熙来攘往的行人，与在丁步上跳来跳去的小孩。这里实在是个风景很奇怪的地方，若是现在，可算得是个名胜观光区呢。

庙其实非常地小，至多不过三四十坪。里面没有和尚，也没有掌管求签问卜的庙祝，因此庙里香火并不旺盛，平时很少人来，倒成了我们小孩子玩乐的好地方。我常常对母亲说："妈，我要去岩亲爷玩儿啦。""岩亲爷"变成了一个地方的名称了。母亲总是吩咐："小姑娘不许爬得太高，只在殿里玩玩就好了。"但玩久不回来，母亲又担心我会掉到殿下面的潭里去，就叫阿荣伯来找我。我和小朋友们一见阿荣伯来了，就都往殿后两边的石阶门上爬，越爬越高，一点也不听母亲的话，竟然爬到岩亲爷头顶那块岩石上去了。阿荣伯好生气，把我们统统赶下来，说吕洞宾伯伯会生气，会把我们都变成笨丫头。

我们心里想想才生气呢！因为吕洞宾伯伯只收男生当亲儿，不收女生当亲女，这是不公平的。其实这种不公平，明明是村子里的人自己搞出来的。凡是哪家生的第一个宝贝男孩子都要拜神仙做亲爷。备了香烛，去庙里礼拜许愿。用红纸条写上新生孩子的乳名，上面加个岩字，贴在正殿边的岩壁上。神仙就收了他做亲儿，保佑他长命富贵。大人们叫自己的孩子，都加个岩字，岩长生、岩文源、岩振雄……听起来，有的文雅，有的威武，好不令人羡慕。

有一回，我们几个女孩子也偷偷把自己的名字上面加个岩字，写了红纸条贴在岩石上，第二天都掉了。阿荣伯笑我们女孩子没有资格，吕洞宾伯伯不收。其实是我们用的糨糊不牢，是用饭粒代替的，一干自然就掉了。

我认为自己也是“读书人”，背了不少课古文，怎么没资格拜亲爷，气不过，就在神像前诚心诚意地拜了三拜，暗暗许下心愿说：“有一天我一定要跟男孩子一般地争气，做一番事业，回到家乡，给你老人家修个大庙。你可得收全村的女孩子做亲女儿哟！”

慈眉善目的神仙伯伯，只是笑眯眯不说一句话。但我相信他一定听见我的祝告，一定会成全我的愿望的。

我把求神仙的事告诉外公，外公摸摸我的头说：“要想做什么事，成什么事业，都在你自己这个脑袋里。你也不用怨男女不平等。你心里敬爱岩亲爷，他就是你的亲爷了。”因此我也觉得自己是岩亲爷的女儿了。

离开故乡，到杭州念中学以后，就把这位“亲爷”给忘了。大一时，因避日寇再回故乡，才想起去岩亲爷庙巡礼一番。仰望岩亲爷石像，虽然灰土土的，却一样是满脸的慈祥，俯看潭水清澈依旧，而原来热闹街角那一分冷冷清清，顿然使我感到无限的孤单寂寞。

那时，慈爱的外公早已逝世，母亲忧郁多病，阿荣伯也已老迈龙钟。旧时游伴，有的已出嫁，有的见了我都显得很生疏的样子。我踽踽凉凉地一个人在庙的周围绕了一圈，想起童年时在神前的祝告，我不由得又在心里祈祷起来：“愿世界不再有战乱残杀，愿人人安居乐业，愿人间风调雨顺。”

阿荣伯坐在殿口岩上等我，我扶着他一同踩着溪滩上的丁步回家，儿时在此跳跃的情景都在眼前。阿荣伯说：“你如今读了洋学堂，哪里还会相信岩亲爷保佑我们。”我连忙说：“我相信啊，外公说过的，只要心里敬爱仙师，他就永远是你的亲爷，我以后永不会忘记的。”阿荣伯叹口气说：“你不会忘记岩亲爷，不会忘记家乡，能常常回来就好。人会老，神仙是不会老的，他会保佑你的。”

我听着听着，眼中满是泪水。

再一次离家以后，我就时常地想起岩亲爷，想起那座小小的、冷冷清清的庙宇，尤其是在颠沛流离的岁月里。我不是祈求岩亲爷对我的佑护，而是岩亲爷庙里，曾有我欢乐童年的踪影。“岩亲爷”这个亲昵的称呼，是我小时候常常喊的，也是外公、母亲和阿荣伯经常挂在嘴上念的。

我到老也不会忘记那位慈眉善目，不言不语，却纵容我爬到他头顶岩石上去的岩亲爷。

春 酒

农村的新年，是非常长的。过了元宵灯节，年景尚未完全落幕。还有个家家邀饮春酒的节目，再度引起高潮。在我的感觉里，其气氛之热闹，有时还超过初一至初五那五天新年呢。原因是：新年时，注重迎神拜佛，小孩子们玩儿不许在大厅上、厨房里，生怕撞来撞去，碰碎碗盏。尤其我是女孩子，蒸糕时，脚都不许搁在灶孔边，吃东西不许随便抓，因为许多都是要先供佛与祖先的。说话尤其要小心，要多讨吉利，因此觉得很受拘束。过了元宵，大人们觉得我们都乖乖的，没闯什么祸，佛堂与神位前的供品换下来的堆得满满一大缸，都分给我们撒开地吃了。尤其是家家户户轮流地邀喝春酒，我是母亲的代表，总是一马当先，不请自到，肚子吃得鼓鼓的跟蜜蜂似的，手里还捧一大包回家。

可是说实在的，我家吃的东西多，连北平寄来的金丝蜜枣、巧克力糖都吃过，对于花生、桂圆、松糖等等，已经不稀罕了。那么我最喜欢的是什么呢？乃是母亲在冬至那天就泡的八宝酒，到了喝春酒时，就开出来请大家尝尝。“补气、健脾、明目的哟！”母亲总是得意地说。她又转向我说：“但是你呀，就只能舔一指甲缝，小孩子喝多了会流鼻血，太补了。”其实我没等她说完，早已偷偷把手指头伸在杯子里好几回，已经不知舔了多少个指甲缝的八宝酒了。

八宝酒，顺名思义，是八样东西泡的酒，那就是黑枣（不知是南枣还是北枣）、荔枝、桂圆、杏仁、陈皮、枸杞子、薏仁米，再加两粒橄榄。要泡一个月，打开来，酒香加药香，恨不得一口气喝它三大杯。母亲给我在小酒杯底里只倒一点点，我端着、闻着，走来走去。有一次一不小心，跨门槛时跌了一跤，杯子捏在手里，酒却洒在衣襟上了。抱着小花猫时，它直舔，舔完了就呼呼地睡觉。原来我的小花猫也是个酒仙呢！

我喝完春酒回来，母亲总要闻闻我的嘴巴，问我喝了几杯酒。我总是说：“只喝一杯，因为里面没有八宝，不甜呀。”母亲听了很高兴。她自己请邻居来吃春酒，一定给他们每人斟一杯八宝酒。我呢，就在每个人怀里靠一下，用筷子点一下酒，舔一舔，才过瘾。

春酒以外，我家还有一项特别节目，就是喝会酒。凡是村子里有人急需钱用，要起个会，凑齐十二个人，正月里，会首总要请那十一位喝春酒表示酬谢，地点一定借我家的大花厅。酒席是从城里叫来的，和乡下所谓的八盘五、八盘八（就是八个冷盘，五道或八道大碗的热菜）不同，城里酒席被称为“十二碟”（大概是四冷盘、四热炒、四大碗煨炖大菜），是最最讲究的酒席了。所以乡下人如果对人表示感谢，口头话就是“我请你吃十二碟”。因此，我每年正月里，喝完左邻右舍的春酒，就眼巴巴地盼着大花厅里那桌十二碟的大酒席了。

母亲是从不上会的，但总是很乐意把花厅给大家请客，可以添点新春喜气。花匠阿标叔也巴结地把煤气灯玻璃罩擦得亮晶晶的，呼呼呼地点燃了，挂在花厅正中，让大家吃酒时划拳吆喝，格外地兴高采烈。我呢，一定有份坐在会首旁边，得吃得喝。这时，母亲就会捧一瓶她自己泡的八宝酒给大家尝尝助兴。

席散时，会首给每个人分一条印花手帕。母亲和我也各有一条，我就等于得了两条，开心得要命。大家喝了甜美的八宝酒，都问母亲里面泡的是什么宝贝。母亲得意地说了一遍又一遍，高兴得两颊红红的，跟喝过酒似的。其实母亲是滴酒不沾唇的。

不仅是酒，母亲终年勤勤快快的，做这做那，做出新鲜别致的东西，总是分给别人吃，自己却很少吃。人家问她每种材料要放多少，她总是笑眯眯地说："大约莫差不多就是了，我也没有一定分量的。"但她还是一样一样仔细地告诉别人。可见她做什么事，都有个尺度在心中的。她常常说："鞋差分，衣差寸，分分寸寸要留神。"

今年，我也如法炮制，泡了八宝酒，用以供祖后，倒一杯给儿子，告诉他是"分岁酒"，喝下去又长大一岁了。他挑剔地说："你用的是美国货葡萄酒，不是你小时候家乡自己酿的酒呀。"

一句话提醒了我，究竟不是道地家乡味啊。可是叫我到哪儿去找真正的家醅呢？

玉兰酥

玉兰酥是一种到嘴便化的酥饼，听听名称都是香的。它是早年我家独一无二的点心，是母亲别出心裁，利用白玉兰花瓣，和了面粉鸡蛋，做出来的酥饼。

白玉兰并不是白兰花。白兰花是六七月盛夏时开的。花朵长长的，花苞像个橄榄核，只稍稍裂开一点尖端，就得采下来，一朵朵排在盛浅水的盘子里。上面盖一块湿纱布，等两三个小时，香气散布出来，花瓣也微微张开了，然后用丝线或细铁丝穿起来。两朵一对，或四朵一排，挂在胸前，或插在鬓发边，是妇女们夏天的装饰。但只有一天的工夫，花瓣就黄了，香气也转变成一种怪味。

母亲并不怎么喜欢白兰花。除了摘几朵供佛以外，都是请花匠阿标叔摘下，满篮的提去送左邻右舍。我家花厅院墙边，有一株几丈高的白兰花。每天有冒不完的花苞，摘不尽的花。阿标叔都要架梯子爬上去摘，我在树下捧篮子接，浓烈的花香，熏得人都昏昏然了。

母亲不喜欢白兰花，也是因为它的香太浓烈。她比较喜欢名称跟它相似，香味却清淡的白玉兰。白玉兰一季只开四五朵，一朵朵地逐次开，开得很慢，谢得也很慢。花朵有汤碗那么大，花瓣一片片汤匙似的，很厚实。开放时就像由大而小的碗叠在一起。花总是藏在大片浓密的叶丛间，把清香慢慢儿散布开来。

白玉兰的开放，都在中秋前后。那时母亲每天都到院子里看看，闻闻花香。只开一朵花，当然不能采下来的。直等它一瓣瓣谢落了，母亲连忙拾来，深怕花瓣着土就烂了。因为白玉兰花瓣是可以做饼吃的。母亲把它先放在干净篮子里，也不能用水洗，一洗香味就走了。等水分略干后，就用手指轻轻剥碎（也不能用刀切，怕有铁腥味）。剥碎后和入面粉鸡蛋中拌匀，只加少许糖，用大匙兜了放在浅油锅里，文火半煎半烤，等两面微黄，就可以吃了，既香又软又不腻口。熟透了的玉兰花瓣，有点粉粉的，像嫩栗而更清香。

每年的中秋节，我家从城里朋友送来的月饼，种类繁多。除了面上撒芝麻的月光饼以外，还有苏式月饼、广式月饼。哪一种母亲也不爱吃。她的兴趣是切月饼，厚厚的广式月饼切开来，里面是各种不同的馅儿。母亲只看一眼，闻一下就饱了。她总是说："这种月饼，满肚子的馅儿，到底是吃皮还是吃心子呢。连供佛也不合适，因为都是荤油和的。"

"潘宅"的广式月饼，是邻居们最歆羡的。未到中秋，早已在盼待了。我呢，守在母亲边上，看她把一个个月饼切开，每个切四份，不同的馅儿搭配起来，每家一份。她把月饼用盘子放在一个四层的精致竹编盒子里，叫我提了挨家去分，让每家都尝尝不同的馅儿。但她总不忘加入一份自己做的玉兰酥。"也要让大家尝尝我的土月饼嘛！"她得意地说。

分月饼当然是我最讨好的差事。每家吃了月饼，都对母亲说："广式月饼，苏式月饼，就是稀奇点，哪里比得上你做的玉兰酥，吃得我们舌头都掉下来了。"听得母亲好高兴，她那一脸快慰的微笑，真好比中秋节的月光一样明亮美丽呢。

母亲只是喜欢做，自己吃得很少。老师说她是辛勤的蜜蜂，我就念起他口传我的那两句诗："采得百花为蜜后，为谁辛苦为谁甜？"念了一遍又一遍，像唱山歌似的。老师问我懂得这意思吗？我说："当然懂呀。蜜蜂忙了一大阵，蜜却被人拿去了。”母亲听了笑笑说：“你懂就好了。蜜蜂是很辛苦的。但是我宁愿你做一只勤快的蜜蜂，可千万别做人讨厌的苍蝇啊。”我咯咯地笑了。

我嘴虽说懂，其实哪里懂呢？我若真的懂了，就不会像一只苍蝇似的，老是嗡嗡地纠缠着母亲，而不帮一点点的忙了。

如今每回想起清香的玉兰酥，与母亲所做的各种美味，心头就感到阵阵辛酸。母亲，一只辛苦的蜜蜂，终年忙碌无怨无悔，她默默地奉献一生，也默默地归去了。几十年来，我从未见过家乡的那种玉兰树，也无从学做香软的玉兰酥。中秋节一年年地度过，异乡岁月，草草劳人，心头所有的，只有无限的思亲之情。

粽子里的乡愁

异乡客地，越是没有年节的气氛，越是怀念旧时代的年节情景。

端阳是个大节，也是母亲大忙特忙、大显身手的好时光。想起她灵活的双手，裹着四角玲珑的粽子，就好像马上闻到那股子粽香了。

母亲的粽子，种类很多，莲子红枣粽只包少许几个，是专为供佛的素粽。荤的豆沙粽、猪肉粽、火腿粽可以供祖先，供过以后称之为“子孙粽”，吃了将会保佑后代儿孙绵延。包得最多的是红豆粽、白米粽和灰汤粽。一家人享受以外，还要布施乞丐。母亲总是为乞丐大量地准备一些，美其名曰“富贵粽”。

我最最喜欢吃的是灰汤粽。那是用旱稻草烧成灰，铺在白布上，拿开水一冲。滴下的热汤呈深褐色，内含大量的硷。把包好的白米粽浸泡灰汤中一段时间（大约一夜晚吧），提出来煮熟，就是浅咖啡色带硷味的灰汤粽。那股子特别的清香，是其他粽子所不及的。我一口气可以吃两个，因为灰汤粽不但不碍胃，反而有帮助消化之功。过节时若吃得过饱，母亲就用灰汤粽焙成灰，叫我用开水送服，胃就舒服了。完全是自然食物的自然治疗法。母亲常说我是从灰汤粽里长大的。几十年来，一想起灰汤粽的香味，就神往童年与故乡的快乐时光。但在今天到哪里去找旱稻草烧出灰来冲灰汤呢？

端午节那天，乞丐一早就来讨粽子。真个是门庭若市。我帮着长工阿荣伯提着富贵粽，一个个地分，忙得不亦乐乎。乞丐常常高声地喊："太太，高升点（意谓多给点）。明里去了暗里来，积福积德，保佑你大富大贵啊！"母亲总是从厨房里出来，连声说："大家有福，大家有福。"

乞丐去后，我问母亲："他们讨饭吃，有什么福呢？"母亲正色道："不要这样讲。谁能保证一生一世享福？谁又能保证下一世有福还是没福？福要靠自己修的。时时刻刻要存好心，要惜福最要紧。他们做乞丐的，并不是一个个都是好吃懒做的，有的是一时做错了事，败了家业。有的是上一代没积福，害了他们。你看那些孩子，跟着爹娘日晒夜露地讨饭，他们做错了什么，有什么罪过呢？"

母亲的话，在我心头重重地敲了一下。因而每回看到乞丐们背上背的婴儿，小脑袋晃来晃去，在太阳里晒着，雨里淋着，心里就有说不出的难过。当我把粽子递给小乞丐时，他们伸出黑漆漆的双手接过去，嘴里说着："谢谢你啊！"眼睛睁得大大的，看我一身的新衣服。他们有许多都和我差不多年纪，差不多高矮。我就会想，他们为什么当乞丐，我为什么住这样大的房子，有好东西吃，有书读？想想妈妈说的，谁能保证一生一世享福，心里就害怕起来。

有一回，一个小女孩悄声对我说："再给我一个粽子吧。我阿婆有病走不动，我带回去给她吃。"我连忙给她一个大大的灰汤粽。她又说："灰汤粽是咬食的（帮助消化），我们没什么肉吃呀。"我听了很难过，就去厨房里拿一个肉粽给她，她没有等我，已经走得很远了。我追上去把粽子给她。我说："你有阿婆，我没有阿婆了。"她看了我半晌说："我也没有阿婆，是我后娘叫我这么说的。"我吃惊地问："你后娘？"她说："是啊！她常常打我，用手指甲掐我，你看我手上脚上都有紫印。"

听了她的话，我眼泪马上流出来了，我再

也不嫌她脏，拉着她的手说："你不要讨饭了，我求妈妈收留你，你帮我们做事，我们一同玩，我教你认字。"她静静地看着我，摇摇头说："我没这个福分。"

她甩开我的手，很快地跑了。

我回来呆呆地想了好久，告诉母亲，母亲也呆呆地想了好久，叹口气说："我也不知道要怎样做才周全，世上苦命的人太多了。"

日月飞逝，那个讨粽子的小女孩，她一脸悲苦的神情，她一双吃惊的眼睛，和她坚决地快跑而逝的背影，时常浮现我心头。她小小年纪，是真的认命，还是更喜欢过乞讨的流浪生活？如果她仍在人间的话，也已是年逾七旬的老妪了。人世茫茫，她究竟活得怎样？活在哪里呢？

每年的端午节来临时，我很少吃粽子，更无从吃到清香的灰汤粽。母亲细嫩的手艺，和琐琐屑屑的事，都只能在不尽的怀念中追寻了。

杨 梅

六月，该是故乡早谷登场，杨梅最好的季节了。我乡的茶山杨梅，可以媲美于绍兴的萧山梅，色泽之美，更有过之。一颗颗又圆又大，红紫晶莹像闪光的变色宝石。母亲在大筐子里选出最好的给父亲和我吃，我是恨不得连人都钻进篓子里，把烂的也带核吞下去。

说起吞核儿，我是经过一番特别训练的。我有个只大我几岁的小叔叔，与我一样地贪吃杨梅。我们要从杨梅上市的第一天青的酸的吃到下市的最后一天烂的苦的才罢休。可是他的本领比我大得多，他把杨梅搁在嘴里，只用舌头一拌就咽下喉咙了。我问他："核儿呢?"他说："吃杨梅不咽核儿还成啦！那你吃上十斤八斤也不会饱。还有，杨梅核才是消毒的，咽下去，可以把肠胃里不清洁的东西如蜘蛛网、猪毛之类的东西一齐卷出来。所以杨梅不必洗，洗了味儿就淡了，可是要吃不洗的杨梅，就得学会咽核儿。"我听了他的话，有点半信半疑。可是为了省去洗的麻烦，借此可以多吃，也就开始学咽核儿了。

叔叔说要咽就得在每次吃第一个就咽下去，以后就不困难了。可是我还是学了很久才学会。

学会以后就越发地狼吞虎咽起来，吃得肚子鼓鼓的，舌头都起了跟杨梅珠子一样的小泡泡，吃饭喝茶都感到痛，我不愿告诉母亲，还是偷偷地吃。母亲看我那副猴相，笑骂我："这样吃杨梅，给你招个茶山女婿吧！"终于我吃出胃病来了。胃酸涌上来，整天不想吃饭，母亲把杨梅核儿焙成灰，叫我用开水服下去，几次就好多了。母亲正色地告诫我说："小春，你吃东西这样任性，长大了，一个人在外没有妈照顾，病了怎么办？"我常常为母亲的多叮咛感到厌烦，无知的童子，总以为一辈子都会在母亲的爱抚下享受着幸福呢！

农历的六月初旬，是乡间家家户户"尝新"的好日子。"尝新"就是新谷已经收成了，农家得做几样好菜，谢了谷神，请大家来喝杯庆祝的喜酒，吃碗又香又甜的红米饭。（新谷是红米）酒席里最好吃的是四个大盘：一盘茄松（茄子切丝，裹了面粉鸡蛋油炸），一盘蛤子，一盘切得方方正正的西瓜，一盘拿烧酒浸过的杨梅。这四样东西差不多家家都相同。我爱酒又爱杨梅，啜着烧酒杨梅，下以茄松，剥剥蛤子，最后吃鲜甜的西瓜解渴。还有比这更快乐的事吗？所以哪一家请吃“尝新”酒总是我做代表，父亲是懒得出门的，母亲又是这样不吃，那样不尝的，我就乐得单身赴宴，吃得前仰后合地回家。宁可吃坏了肚子，又害母亲操一场心。

我家搬到了杭州，萧山的杨梅也一样鲜甜，样儿是椭圆的，颜色是粉红或白的，看起来远不及故乡的茶山梅漂亮。我因为胃病，已经不能多吃，更不能咽核儿了。母亲仍是在篓子里选出最大最好的几颗留给父亲与我吃。星期天回家，我端了藤桌椅坐在院子里，母亲就把一碟子用盐水洗过的杨梅放在我面前，说：“小春，只吃十个，晚饭后再吃十个。”我一面做着代数，一面把杨梅放在嘴里慢慢儿啜着甜汁。令人头痛的代数题，一道也做不出，十个杨梅却在万分不舍得吃的情形下吃光了。母亲笑着端起剩下的说：“再吃一个，明天的代数就考个杨梅大的零分。”我也笑着，紫色的杨梅汁滴落在练习簿上。

抗战第二年，我们回到故乡，父亲病了。他患的是肺病与痔疮，这两种病都不宜吃杨梅，可是到了杨梅成熟的季节，他还是想吃，每次只能吃两个。有一次，父亲的朋友从远方来，送了他一对玲珑剔透的水晶小碟子，父亲自是心爱万分。母亲把两个紫透的杨梅放在一只水晶碟子里，另一只碟子摆上几朵茉莉花与一枝芝兰。一清早叫我端去放在父亲的枕边。闻着芝兰的阵阵清香，父亲把杨梅拿在手指尖上，端详半晌说："你母亲爱花，爱水果，可是她从不戴花，也不吃水果，只默默地培养得花儿开了，果子结了。她一生都是那么宁静淡泊！"他眼睛望着壁上母亲与我合摄的照片，好像还有许多话想和我说，却没有说出来。

农历六月初六日，是父亲的生日。头一晚，母亲就吩咐我要早起，在佛堂与祖宗神位前点上香烛（因为父母亲都是信佛的），然后再扶父亲起来拜佛。可是未到天亮，父亲就气喘了，我与庶母都陪着他，母亲仍在楼下张罗。他的气愈来愈急，我摸他的脉搏急促而衰微，额上冒着豆大的汗珠，我知道情势不好，赶紧给他注射平气强心针。父亲的眼睛只是望着我，又看看壁上的照片，我懂得他的意思是要我请母亲赶紧来，我急急跑到楼下，母亲正端了那一对水晶碟子的芝兰与杨梅跨上楼梯，我接过碟子呜咽地说："妈，爸爸要你快上去。”可是母亲还是犹疑不决。

因为父亲卧病之初，庶母就请了瞎子算命，排起八字来说母亲的流年与父亲有冲克，两年中必须避不见面。庶母信了瞎子的话，示意母亲不要去看父亲。父亲呢？心中虽有千言万语要与母亲倾吐，怎奈母亲执意以父亲的身体为重，不愿与他见面。于是父亲与母亲之间，都是由我传递心曲。可是现在，一切都将太晚了，我拉着母亲的手，喉头哽咽不能成声。母亲也慌了，三步两脚赶上楼来，庶母已在旁放声大哭，父亲只以含泪的眼睛看着母亲与我，嘴唇微微动了一下，未能启口即溘然而逝了。母亲掩着嘴忍住了哭，半晌才说：“你们都不要大哭，不要扰乱他的精神，跪下来念经，最后的一刻，让他平安地起身吧！”我们都匍匐在地上，是母亲的语音似古寺钟声，使我于神志昏乱中略微清醒过来。我抬起模糊的泪眼望母亲，她于满脸的悲伤哀戚中，仍透露一股临大变而能勉强镇定的毅力。她将父亲的双手平放在胸前，给他穿上袜子，看时钟正指着九点。小几上摆着那两个水晶碟子，芝兰散布着芬芳，杨梅仍闪着紫红的光彩，此情此景愈加使我泣不可抑。六月初六，父亲的生日，谁又想到竟成他的忌辰呢！

桂花雨

中秋节前后，正是故乡的桂花季节。

一提到桂花，那股子香味就仿佛闻到了。桂花有两种，月月开的称木樨，花朵较细小，呈淡黄色，台湾也有。我曾在走过人家围墙外时闻到这股香味，一闻到就会引起乡愁。另一种称金桂，只有秋天才开，花朵较大，呈金黄色。我家的大宅院中，前后两大片旷场，沿着围墙，种的全是金桂。唯有正屋大厅前的庭院中，种着两株木樨、两株绣球。还有父亲书房的廊檐下，是几盆茶花与木樨相间。

小时候，我对无论什么花，都不懂得欣赏。尽管父亲指指点点地告诉我，这是凌霄花，这是叮咚花，这是木碧花……我除了记些名称外，最喜欢的还是桂花。桂花树不像梅树那么有姿态，笨拙的，不开花时，只是满树茂密的叶子，开花季节也得仔细地从绿叶丛里找细花，它不与繁花斗艳。可是桂花的香气味，真是迷人。迷人的原因，是它不但可以闻，还可以吃。“吃花”在诗人看来是多么俗气？但我宁可俗，就是爱桂花。

桂花，真叫我魂牵梦萦。故乡是近海县份，八月正是台风季节。母亲称之为“风水忌”。桂花一开放，母亲就开始担心了：“可别做风水啊。”做风水就是台风来的意思。她担心的第一是将收成的稻谷，第二就是将收成的桂花。桂花也像桃梅李果，也有收成呢。母亲每天都要在前后院子走一遭，嘴里念着：“只要不做风水，我可以收几大箩，送一斗给胡宅老爷爷，一斗给毛宅二婶婆，他们两家糕饼做得多。”原来桂花是糕饼的香料。桂花开得最茂盛时，不说香闻十里，至少前后左右十几家邻居，没有不浸在桂花香里的。桂花成熟时，就应当“摇”，摇下来的桂花，朵朵完整、新鲜，如任它开过谢落在泥土里，尤其是被风雨吹落，那就湿漉漉的，香味差太多了。“摇桂花”对于我是件大事，所以我老是盯着母亲问：“妈，怎么还不摇桂花吗？”母亲说：“还早呢，没开足，摇不下来的。”可是母亲一看天空阴云密布，云脚长毛，就知道要“做风水”了，赶紧吩咐长工提前“摇桂花”，这下，我可乐了。帮着在桂花树下铺篾簟，帮着抱住桂花树使劲地摇，桂花纷纷落下来，落得我们满头满身，我就喊："啊！真像下雨，好香的雨啊。"母亲洗净双手，撮一撮桂花放在水晶盘中，送到佛堂供佛。父亲点上檀香，炉烟袅袅，两种香混和在一起，佛堂就像神仙世界。于是父亲诗兴发了，即时口占一绝："细细香风淡淡烟，竞收桂子庆丰年。儿童解得摇花乐，花雨缤纷入梦甜。"诗虽不见得高明，但在我心目中，父亲确实是才高八斗，出口成诗呢。

桂花摇落以后，全家动员，拣去小枝小叶，铺开在簟子里，晒上好几天太阳，晒干了，收在铁罐子里，和在茶叶中泡茶，做桂花卤，过年时做糕饼。全年，整个村庄，都沉浸在桂花香中。念中学时到了杭州，杭州有一处名胜满觉垅，一座小小山坞，全是桂花，花开时那才是香闻十里。我们秋季远足，一定去满觉垅赏桂花。"赏花"是借口，主要的是饱餐"桂花栗子羹"。因满觉垅除桂花以外，还有栗子。花季栗子正成熟，软软的新剥栗子，和着西湖白莲藕粉一起煮，面上撒几朵桂花，那股子雅淡清香是无论如何没有字眼形容的。即使不撒桂花也一样清香，因为栗子长在桂花丛中，本身就带有桂花香。我们边走边摇，桂花飘落如雨，地上不见泥土，铺满桂花，踩在花上软绵绵的，心中有点不忍。这大概就是母亲说的“金沙铺地，西方极乐世界”吧。母亲一生辛劳，无怨无悔，就是因为她心中有一个金沙铺地、玻璃琉璃的西方极乐世界。我回家时，总捧一大袋桂花回来给母亲，可是母亲常常说：“这里的桂花再香，也比不上家乡院子里的桂花。”

于是我又想起了在故乡童年时代的“摇花乐”，还有摇落的阵阵的桂花雨。

水是故乡甜

此次经欧洲来美，一路上喝得最多的是矿泉水。因为其他各种五颜六色的饮料，价钱既贵又不解渴。只有矿泉水，喝起来清清淡淡中略带苦涩，倒似乎别有滋味。

外子说矿泉水其实就是山泉，如果泡的是冻顶乌龙，那就更有味道了。我一向不懂得品茶，在旅途疲劳中，能有一杯自己现泡的热红茶，已觉如仙品般的清香隽永了。他啜着茶，就想起故乡四川的山泉来。那种山泉，随处都有，行路之人渴了就俯身双手从溪涧中捧起来喝个足，哪里像现在文明时代，一瓶瓶装起来卖钱呢。

俗话说得好，“人穷志不穷，家穷水不穷”。这话我最听得进。因为我故乡的水就有三种，河水、井水、山水。山水是长工每天清早去溪边一桶桶挑来，倾在大水池中备饮食之用。洗涤多用河水。母亲因为长工挑水辛苦，叫聪明灵巧的小帮工，用一根根长竹竿，连接起来，从最靠近屋子的山边，引来极细小的一缕清泉，从厨房窗外把竹竿伸入，滴在一只小缸中。这才是涓涓滴滴的源头活水，一天接不了多少。

母亲只舀来做供佛的净水，然后泡茶给父亲喝。“喝这样清的山水，又是供过佛的，保佑你长生不老。”母亲总是这么说的。那时泡的茶叶，除了家乡的明前茶、雨前茶之外，还有从杭州带回的龙井。父亲品着茶，常常说：“龙井茶，一定要虎跑水来泡才香、才地道。”母亲不以为然地说：“是哪里生长的人，就该喝哪里的水。要知道，水是故乡的甜哟。”母亲还说：“孩子们多喝点家乡的水，底子厚了，以后出门在外，才会承受得住异乡的水土。”

现在想起来，虎跑水才是真正的矿泉水。那时曾做过试验，装一碗满满的水，把铜元一个个慢慢丢进去，丢到十个铜元，碗口水面涨得圆鼓鼓的，水都不会溢出来。因为它含的矿物质多，比重很大。所以，喝虎跑水一定是有益健康的。

父亲旅居杭州日久，非常喜欢喝虎跑水烹龙井茶，但喝着喝着，却又念念不忘故乡的明前、雨前茶和清冽的山泉。他也思念邻县雁荡山的茶、龙湫的水，真是“人情同于怀土兮，岂穷达而异心”。父亲晚年避乱返故乡，又得饮自己屋子后山直接引来的源头活水，原该是心满意足的，但他居魏阙而思江河，倒又怀念起杭州的龙井茶与虎跑水来。实在是因为当时第二故乡的杭州，正陷于日寇之故吧。

我们这回在欧洲，一路饮着异乡异土的矿泉水。行旅匆匆，连心情都变得麻木了。到了德国的不来梅，特地去探望数十年未晤面的亲戚。他兴奋地取出最上品的龙井茶款待我们，问他是台湾产品吗？他说是真正从杭州带出来的茶叶，是一位亲人离开大陆时带给他以慰他多年乡愁的。

我本来不辨茶味，但那一盏龙井的清香，却是永远难忘。我们说起欧洲人喜欢喝矿泉水，他笑笑说，台湾阿里山、日月潭、苏澳的冷泉，不就是最好的天然矿泉水吗？他这话，倒使我想起，早期台湾有一种小小玻璃装的“弹子汽水”。瓶口有一粒弹珠，用力一压，弹珠落下去，汽水就喷出来。味道淡淡的，不像后来的汽水那么甜得不解渴。我因为爱“弹子汽水”这个名称，以及开瓶时把弹珠一压的那点儿情趣，所以很喜欢买来喝，他常笑我犯幼稚病。

台湾这许多年来，制茶技术愈来愈精进，无论是清茶、香片、龙井等，都是名闻遐迩。尤其是南投溪头的冻顶乌龙，更是无与伦比。旅居海外多年的侨胞，总不忘自台湾带出来的各种名茶，自饮之外，更以分飨友好。尽管用以沏茶的水不是从故乡来的，但只要是故乡的茶叶，喝起来也会有一股淡淡的甜味吧。

下雨天，真好

一清早，掀开窗帘看看，窗上已撒满了水珠；啊，好极了，又是个下雨天。雨连下十天半月甚至一个月，屋里挂满万国旗似的湿衣服，墙壁地板都冒着湿气，我也不抱怨。雨天总是把我带到另一个处所，在那儿，我又可以重享欢乐的童年。

那时在浙江永嘉老家，我才六岁，睡在母亲暖和的手臂弯里。天亮了，听到瓦背上哗哗的雨声，我就放了心。因为下雨天长工们不下田，母亲不用老早起来做饭，可以在热被窝里多躺会儿。我舍不得再睡，也不让母亲睡，吵着要她讲故事。母亲闭着眼睛，给我讲雨天的故事：有个瞎子，雨天没有伞，一个过路人见他可怜，就打着伞送他回家。瞎子到了家，却说那把伞是他的。他说他的伞有两根伞骨是用麻线绑住，伞柄有一个窟洼。说得一点也不错。原来他一面走一面用手摸过了。伞主笑了笑，就把伞让给他了。

我说这瞎子好坏啊！母亲说，不是坏，是

因为他太穷了。伞主想他实在应当有把伞，才把伞给他的。在熹微的晨光中，我望着母亲的脸，她的额角方方正正，眉毛细细长长，眼睛眯成一条线。我的启蒙老师说菩萨慈眉善目，母亲的长相一定就跟菩萨一样。

雨下得越来越大。母亲一起床，我也跟着起来，顾不得吃早饭，就套上叔叔的旧皮靴，顶着雨在院子里玩。我把阿荣伯给我雕的小木船漂在水沟里，中间坐着母亲给我缝的大红“布姑娘”。绣球花瓣绕着小木船打转，一起向前流。

天下雨，长工们不下田，都蹲在大谷仓后面推牌九。我把小花猫抱在怀里，自己再坐在阿荣伯怀里，等着阿荣伯把一粒粒又香又脆的炒胡豆剥了壳送到我嘴里。胡豆吃够了再吃芝麻糖，嘴巴干了吃柑子。大把的铜子儿一会儿推到东边，一会儿推到西边。谁赢谁输都一样有趣，我只要雨下得大就好。下雨天老师就来得晚，他有脚气病，穿钉鞋走田埂路不方便。老师喊我去习大字，阿荣伯就会去告诉他：“小春肚子痛，睡觉了。”老师不会撑着伞来找我。母亲只要我不缠她就好。

五月黄梅天，到处黏糊糊的，母亲走进走

出地抱怨，父亲却端着宜兴茶壶，坐在廊下赏雨。院子里各种花木，经雨一淋，新绿的枝子顽皮地张开翅膀，托着娇艳的花朵，父亲用旱烟袋点着它们告诉我这是丁香花，那是一丈红。大理花与剑兰抢着开，木樨花散布着淡淡的幽香。墙边那株高大的玉兰花开了满树，下雨天谢得快，我得赶紧爬上去采，采了满篮子送左右邻居。玉兰树叶上的水珠都是香的。

唱鼓儿词的总在下雨天从我家后门摸索进来，坐在厨房的条凳上，唱一段《秦雪梅吊孝》《郑元和学丐》。母亲一边做饭，一边听。晚上就在大厅里唱，请左邻右舍都来听。宽敞的大厅正中央燃起了亮晃晃的煤气灯，发出嘶嘶的声音。煤气灯一亮，我就有做喜事的感觉，心里说不出地开心。雨哗哗地越下越大，瞎子先生的鼓咚咚咚地也敲得越起劲。唱孟丽君，唱秦雪梅，母亲和五叔婆听了眼圈儿都哭得红红的，我就只顾吃炒米糕、花生糖。父亲却悄悄地溜进书房作他的“唐诗”去了。

八九月台风季节，雨水最多。那时没有气象报告，预测天气好坏全靠有经验的长工和母亲抬头看天色。云脚长了毛，向西北飞奔，就知道台风要来了。走廊下堆积如山的谷子，几天不晒就要发霉，谷子的霉就是一粒粒绿色的曲。母亲叫我和小帮工把曲一粒粒拣出来，不然就会越来越多。这工作真好玩，所以我盼望天一直不要晴起来，曲会越来越多，我就可以天天滚在谷子里拣曲，不用读书了。

如果我一直不长大，就可以永远沉浸在雨的欢乐中。然而谁能不长大呢？到杭州念中学了，下雨天，我有一股凄凉寂寞之感。

有一次在雨中徘徊西子湖畔。我驻足凝望着碧蓝如玉的湖水和低斜低斜的梅花，却听得放鹤亭中响起了悠扬的笛声。弄笛人向我慢慢走来，低声对我说："一生知己是梅花。"我也笑指湖上说："看梅花也在等待知己呢。"衣衫渐湿，我们才同撑一把伞归来。

那是许多年前的事了，笛声低沉而遥远，然而我却仍能依稀听见，在雨中……

故乡的婚礼

我故乡风俗淳厚，生活简朴。只有在结婚典礼上，仪式的隆重，排场的讲究，真是和过新年一般无二。无论穷家富户，平时省吃俭用，遇到嫁女儿、娶儿媳妇，那就有多少，花多少，一点也不心疼。

嫁女儿当晚的酒席，称作“请辞嫁”。是做女儿的最后一顿在娘家吃饭。所以酒菜非常丰富，而且有一道菜必定是母亲亲手做的。(事实上，乡下人家的饭菜，都是母亲做的，只是办喜事的日子，忙不过来，才请短工帮忙。）做母亲的为女儿做这道菜，一边抹眼泪，一边嘴里念念有词，说的都是“早生贵子”“五世其昌”等的吉利话。最后把一对用红绿丝线扎的，生花生和几粒红枣、桂圆放在盘边，祝福女儿早生贵子。做着做着，一滴滴泪珠儿都落在那碟菜里，真是咸咸甜甜。做女儿的，还没吃到嘴里，泪珠儿也滴落下来了。

在那个时代，我故乡的女孩子，十六七岁就是出嫁的年龄，离开母亲，到一个陌生人家对一个陌生妇人喊妈妈，当然是非常伤心，也非常害怕的，所以母女二人的眼泪就流个没完。有支歌儿是这样唱的：“妈妈呀，今夜和你共被单，明天和你隔重山。左条岭，右条岭，条条山岭透天顶哟。妈妈呀，娘边的女儿骨边的肉，您怎么舍得这块肉啊!”

新娘子打扮定当，被伴娘扶到喜筵的首席上。这一晚，她是贵宾，父母都得坐在两旁次席相陪。伴娘坐在新娘旁边，每上一道菜，伴娘都得高唱：“请吹打先生奏乐。新娘举筷啦!”举酒杯时也一样要喊。其实新娘心里悲悲切切，根本吃不下。快乐的是满桌的少女陪客，真是得吃得喝。尤其快乐的是伴娘，她从缎袄里取出个大口袋，把所有不带汤汤卤卤的菜全装进去，带回家可以吃好几天了。

我家乡酒席最讲究的是八盘八，其次是八盘五。四周八样冷盘，四角是山楂糕、炀熟的虾或蛤子、剥开的桔子、油炸甜点心，另四样是白切肉、猪肝、鳗鱼鲞、笋片，中间八道或五道熟菜，最后一道一定是莲子红枣汤。家家如此，千篇一律，却是百吃不厌。客人们埋头吃菜，新娘子低头淌眼泪。伴娘说这叫作“多子多孙的风流泪”，是一定得流的。

辞嫁时，新娘穿的不是凤冠霞帔，而是像戏台上演貂蝉、红娘那种打扮。因为那是少女装。一嫁到夫家，脱下凤冠霞帔以后，就得穿短袄长裙的少妇装了。

新娘上花轿由弟弟妹妹或子侄扶进轿门。花轿一出大门，立刻把大门关上，要把风水关住，不要让新娘带走。妈妈再疼女儿，风水门仍旧不能不关。这真是："嫁出去的女儿，泼出去的水。"

娶儿媳妇的喜宴叫作"坐筵"。一坐起码两小时，这是为了要训练新娘子的忍耐心。花轿进了门，先在大厅里停上足足一小时，堂上高烧起红烛。然后新郎才开始理发、洗澡、换新衣。让新娘闷在花轿中苦等，也是为了要训练她的忍耐心。这段时间，孩子们都纷纷从花轿缝中伸手进去向新娘讨喜果，新娘的喜果必须准备得很丰富。给的时候，红枣、桂元，每样起码得有一粒，否则人家就会讥讽新娘"小气鬼"。

坐筵的酒席也非常丰富，被请作"坐筵"客的一半是长辈，一半是年轻姑娘，姑娘必须长得十分标致。年龄十五六岁左右，已经定了亲，在半年内就要做新娘的最合适。我当时才十一二岁，长得明明是个塌鼻子斗鸡眼的丑小鸭，但因为是妈妈的独生女，她每次总是带我同去做“坐筵”席上的小贵宾。

我看其他姑娘们穿的是时髦的五彩闪花缎(在当年，闪花缎是一种最名贵的缎)。乌亮的辫子，扎上两寸长嵌金银丝的桃红或绿水丝线。有的两耳边盘两个髻，戴上珠翠，衣扣缀的是小电珠泡，电池放在口袋里，用手控制，一闪一闪的，看得我好羡慕。因为我的妈妈非常俭省，给我穿的是一件不发光的紫红铁机缎单旗袍，不镶不绲，那是她的嫁衣改的。改得又长又大，套在旧棉袍外面，像苍蝇套在豆壳儿里，硬邦邦稀里晃浪的，看去就是个十足的傻丫头。妈妈还说：“铁机缎坚实。软趴趴的闪花缎哪比得上呢?”另外，妈妈又给我戴上一顶紫红色法兰西绒帽，是爸爸托人从北平带回来的。妈妈得意地说：“刚好配上，再漂亮也没有了。”可是我没有闪光的丝带扎辫子，胸前没有珠花。我说法兰西帽子应当歪戴，妈妈说歪戴帽子不像个大家闺秀，要我把帽子端端正正项在头上，我心里好委屈。可是无论如何，能够有资格“坐筵”，总是体面的。

在坐筵席上，新娘是不能动筷子的，说实

在话，新娘刚刚到一个陌生家庭，眼泪得忍着，不能像在娘家时可以撒开地流，哪里还吃得下东西呢。陪新娘的姑娘们也不能多吃，尤其是两三个月内就要做新娘的，更得做出斯斯文文的样子，以免婆家亲友看了笑话。

拜堂当然也是一项重要节目，新郎新娘拜完天地、祖先、公婆以后，就要拜见长亲、宾客。一位位被司仪请了上去，新人双双跪拜，平辈的就是鞠躬。这个拜见礼，也足足要折腾上两小时，大厅外天井里热着柴火，愈旺愈好。鞭炮声此起彼落。礼堂上是雪亮如白昼的煤气灯。乐队不断地吹打各种喜乐。每个人脸上都笑得跟盛开的牡丹花似的，到处喜气洋洋。

父亲从北平回来以后，给我带回一件白缎绣紫红梅花的长旗袍。我穿了去参加喜宴，每个人的眼光都向我投来，我心里好得意。直到如今，我仍不胜怀念那件软缎的梅花旗袍，但我更怀念母亲用嫁衣改的紫红铁机缎罩袍，和那顶法兰西帽子。因为，那套行头，正象征我又憨又傻的童年，尤足以纪念节俭简朴的母亲。

梦中的饼干屋

美国食品店里的饼干，种类繁多，却没一种是对我胃口的。每回吞咽着怪味饼干时，就会想起童年时代母亲做的香脆麦饼，母亲称之为土饼干。

我那时随母亲住在乡间，母亲做的土饼干，就是我的最爱。有一次，父亲从北京托人带回一罐马占山饼干，母亲笑眯眯地捧在胸前，看了又看，摸了又摸，舍不得打开，我急得要命，央求说："妈妈，快打开供佛呀，供了佛就给我吃，菩萨保佑我身体健康，读书聪明呀。"母亲才又笑眯眯地打开来，小心翼翼地抽出两片放在小木盘里供佛，我就在佛堂里绕来绕去，等吃饼干。母亲只许我一天吃两片，我却偷偷再吃一片，用手指掰开来，一粒粒放在嘴里慢慢地品尝，也分一点点给我的好朋友小黄狗和咯咯鸡吃。觉得马占山饼干并没什么特别味道，只不过是北京寄来，稀奇点罢了。我要母亲寄点麦饼给哥哥吃，母亲说路太远，寄去会霉掉。那时如果有限时专送该多好呢！

哥哥从北京写信来告诉我，他一天到晚吃饼干，吃得舌头都起泡了。因为二妈天天出去打牌，三餐都不定时，他肚子常常饿得咕咕叫，只好吃饼干。我看了信心里好难过，却不敢告诉母亲，怕她担忧。哥哥说饼干吃得实在太厌了，就拿它当积木玩，搭一幢小房子，叫作饼干屋，给蚂蚁住。

我好羡慕哥哥，情愿自己变成蚂蚁，住在哥哥搭的饼干屋里，就一年到头有吃不完的新鲜饼干了。

有一天，我做梦真的住进饼干屋，瓦片、墙壁、桌椅板凳，全是又香又脆的奶油巧克力饼干。我就拼命地吃，觉得比马占山饼干好吃多了。可是吃到后来，房子塌下来了，满身堆着饼干，我再拼命地吃，吃得肚子好撑，嘴巴好干，就醒过来了。原来枕头边还剩着没吃完的半块土饼干——母亲做的麦饼，饼干屋却不见了。

我仔细回想梦中情景，赶紧写信告诉哥哥。哥哥回信说他生病了，什么东西都吃不下，连饼干都不想吃了。母亲和我好担忧，哥哥究竟生的什么病呢？也许只是因为想念妈妈和我，吃不下东西吧。我又赶紧写信给哥哥，劝他不要忧愁，好好听医生的话吃药，也写信求父亲带哥哥回来，有妈妈的爱，哥哥的病一定马上会好的。可是父亲的信三言两语，一点也没写清楚哥哥究竟生的是什么病，也没提半句要带哥哥回来的话，母亲和我又忧焦又失望。那些日子，我好像一下子长大了，长得和母亲一样的年纪。我们母女天天跪在佛堂里，求菩萨保佑哥哥的病快快好。我们一边默祷，一边流泪，感到我们母女是那么的无助、无依。

哥哥的病一直没好起来，在病中，他用包药的粉红小纸，描了空心体的“松柏长青”四个字，又写了短短一封信给我说：“妹妹，我好想念妈妈和你，可是路太远了，爸爸不带我回家乡，因为二妈不肯回来，我只好在梦里飞回来和你们相聚了。”我边看边哭，觉得“梦魂飞回来”这句话不吉利，就不敢念给母亲听。我写信给哥哥，劝他安心，我的灵魂也会飞去和他相聚的。就这样，我们通着信，可是那时的信好慢好慢，每周只有两天才有邮差从城里来。我每次在后门口伸长脖子等信，总是等得失望的时候居多。看母亲总是茶饭无心，我更是忍泪装欢，盼望着绿衣人带来哥哥的信。那一盒北京带回的饼干，却是再也无心打开来吃了。

很久以后，才盼到父亲一封信，里面附着哥哥一张短短的纸条，写得歪歪斜斜几个字："妈妈、妹妹，我病了，没有力气，手举不动了。饼干不能吃，饼干屋也没有了。"

我哭，我喊哥哥，可是路那么远，哥哥听不见，母亲抹去眼泪说："哭有什么用呢？哭不回你爸爸的心，哭不好你哥哥的病啊！"我们母女就像掉落在汪洋大海里，四顾茫茫，父亲在哪里，哥哥在哪里呢？

我们日夜悲泣，可是真的哭不回父亲的心，哭不好哥哥的病。哥哥走了，永远离开我们了。我再也收不到他用没力气的手所写的歪歪斜斜的信了。北京虽远，究竟还是同一个世界，现在他到另一个世界去了，我怎么再给他写信呢？

我捧起那盒马占山饼干，呜咽地默祷："哥哥啊，你托人带来的饼干还剩大半盒，我哪里还有心思吃呢？你的灵魂快回来吧，我们一同来搭饼干屋，世界上，有哪里能比我们自己搭的饼干屋更可爱、更温暖呢？哥哥，你回来吧！"

可是哥哥永不能再回来了。没有了哥哥，梦中的饼干屋也永远倒塌了。